DOUCE NUIT

Grande dame du suspense, Mary Higgins Clark règne sur le thriller anglo-saxon. Elle est traduite dans le monde entier, tous ses livres sont d'énormes succès de librairie et plusieurs de ses romans ont été adaptés pour la télévision.
Parmi ses titres, on retiendra : *La Nuit du renard, Un cri dans la nuit, Ne pleure pas, ma belle, Nous n'irons plus au bois, Souviens-toi, Ce que vivent les roses, La Maison au clair de lune* et *Ni vue ni connue...*

D0594764

MARY HIGGINS CLARK

Douce nuit

ROMAN TRADUIT DE L'ANGLAIS PAR ANNE DAMOUR

ALBIN MICHEL

Titre original :

SILENT NIGHT

Pour Joan Murchison Broad,
et en souvenir du col. Richard L. Broad,
avec tendresse et reconnaissance
pour tous les merveilleux moments
que nous avons partagés.

Saint Christophe, patron des voyageurs,
priez pour nous, et gardez-nous du mal.

1

C'était la veille de Noël à New York. Le taxi descendait lentement la Cinquième Avenue. Il était presque cinq heures de l'après-midi. La circulation était intense, la foule se pressait sur les trottoirs : une cohue d'acheteurs en quête de cadeaux de dernière minute, d'employés de bureau rentrant chez eux, de touristes se pressant devant les vitrines décorées des magasins et contemplant le célèbre sapin de Noël du Rockefeller Center.

Il faisait déjà nuit et le ciel se chargeait de nuages, confirmant les prévisions de chutes de neige imminentes. Mais le scintillement des lumières, l'écho des chants de Noël, les clochettes des Pères Noël qui arpentaient les trottoirs, l'humeur joyeuse des promeneurs, tout contribuait à donner une atmosphère de fête à la célèbre avenue.

Catherine Dornan était assise à l'arrière du taxi, droite comme un i, les bras passés autour des épaules de ses deux petits garçons. En sentant la raideur de leurs corps, elle se rendit compte que sa mère avait vu juste. L'expression fermée de Michael, dix ans, et le silence de

Brian, sept ans, prouvaient clairement qu'ils s'inquiétaient pour leur père.

Plus tôt dans l'après-midi, lorsqu'elle l'avait appelée depuis l'hôpital, en larmes malgré le fait que Spence Crowley, ami et médecin de son mari, lui ait assuré que l'opération s'était déroulée le mieux possible, suggérant même que les garçons rendent visite à leur père à sept heures ce soir-là, sa mère lui avait dit fermement : « Catherine, tu dois te ressaisir, les enfants sont bouleversés, et tu ne leur apportes pas l'aide dont ils ont besoin. Il me semble que tu devrais les distraire un peu. Emmène-les au Rockefeller Center voir l'arbre de Noël, puis va dîner au restaurant avec eux. De te voir si angoissée les a pratiquement convaincus que leur père est à l'article de la mort. »

Ils disent tous que ce n'est pas le cas, pensa Catherine. Chaque fibre de son être voulait effacer ces dix derniers jours, à commencer par ce moment horrible où le téléphone avait sonné et où on l'avait appelée depuis l'hôpital St. Mary. « Catherine, pouvez-vous venir tout de suite ? Tom s'est évanoui pendant qu'il faisait ses visites. »

Sur l'instant, elle s'était dit que ce devait être une erreur. Les hommes de trente-huit ans, minces et athlétiques, ne s'effondrent pas ainsi. Et Tom aimait à dire que les pédiatres étaient immunisés dès la naissance contre tous les virus et les microbes que véhiculaient leurs patients.

Mais Tom n'était pas immunisé contre la leucémie qui nécessitait l'ablation immédiate de sa rate hypertrophiée. A l'hôpital on lui avait dit qu'il avait certainement négligé depuis des mois les signes avant-coureurs de la maladie. Et, stupidement, je ne me suis aperçue de rien, pensa Catherine en réprimant le tremblement de ses lèvres.

Elle jeta un coup d'œil par la fenêtre et vit qu'ils passaient devant le Plaza Hotel. Onze ans auparavant, le jour de ses vingt-trois ans, ils avaient donné une réception au Plaza pour leur mariage. Les jeunes mariées sont censées être nerveuses, pensa-t-elle. Pas moi. J'ai traversé toute la salle comme dans un rêve.

Dix jours plus tard, ils avaient fêté modestement Noël à Omaha, où Tom avait accepté un poste dans le service renommé de pédiatrie de l'hôpital. Nous avions acheté ce malheureux sapin artificiel, se souvint-elle, revoyant Tom en train de le brandir joyeusement : « Aujourd'hui en promotion au supermarché... »

Cette année, l'arbre qu'ils avaient soigneusement choisi se trouvait encore dans le garage, ses branches serrées par une ficelle. Ils avaient décidé que l'opération aurait lieu à New York. Le meilleur ami de Tom, Spence Crowley, était aujourd'hui un chirurgien réputé à l'hôpital Sloan-Kettering.

Catherine eut un frisson au souvenir de son angoisse lorsqu'elle avait enfin été autorisée à rendre visite à Tom.

Le taxi s'arrêta le long du trottoir. « Ça vous va ici, madame ?

— Parfait, dit Catherine, se forçant à prendre un ton enjoué en sortant son portefeuille. Papa et moi, nous vous avons emmenés ici la veille de Noël il y a cinq ans. Brian, je sais que tu étais trop petit, mais toi, Michael, est-ce que tu t'en souviens ?

— Oui », dit Michael d'un ton bref en ouvrant la portière du taxi. Il regarda sa mère extraire un billet de cinq dollars de la liasse qu'elle avait dans son portefeuille. « Comment se fait-il que tu aies tant d'argent, maman ?

— Quand papa a été hospitalisé, hier, ils m'ont demandé d'emporter tout ce qu'il avait sur lui, à l'exception de quelques dollars. J'aurais dû en laisser une partie chez Granny, lorsque je suis retournée dans son appartement. »

Elle descendit de voiture à la suite de Michael, et tint la porte ouverte pour Brian. Ils étaient devant Saks, au coin de la 49e Rue et de la Cinquième Avenue. Une longue file de curieux attendait patiemment de pouvoir s'approcher des devantures. Catherine dirigea ses enfants vers l'arrière de la queue. « Allons regarder les vitrines, puis nous traverserons l'avenue pour voir l'arbre de près. »

Brian poussa un profond soupir. Quel fichu Noël ! Il avait horreur de faire la queue — pour quoi que ce soit. Il allait jouer à « faire semblant », comme à chaque fois qu'il avait envie de voir le temps passer plus vite. Imaginer qu'il se trouvait à l'endroit où il aurait voulu être, c'est-à-dire dans la chambre de son papa à l'hôpital. Il lui tardait d'être auprès de lui, de lui offrir le porte-bonheur qui, au dire de sa grand-mère, l'aiderait à guérir.

Brian était si désireux de voir l'après-midi s'écouler que, lorsque vint leur tour de s'approcher des vitrines, il avança rapidement, remarquant à peine les poupées, lutins et animaux qui dansaient et chantaient au milieu de tourbillons de neige. Et il fut soulagé lorsqu'ils quittèrent la queue.

Puis, alors qu'ils se dirigeaient vers l'angle de la 49e Rue pour traverser l'avenue, il aperçut un homme s'apprêtant à jouer du violon, et un attroupement autour de lui. Soudain retentit l'air de « Douce nuit », et les gens se mirent à chanter.

Catherine s'immobilisa au bord du trottoir. « Attendez, les enfants, écoutons cette musique quelques minutes », dit-elle à ses deux fils.

Brian perçut le son rauque de sa voix et comprit qu'elle retenait ses larmes. Il avait rarement vu maman pleurer jusqu'à ce matin de la semaine dernière où quelqu'un avait téléphoné de l'hôpital pour annoncer que papa était très malade.

Cally descendait lentement la Cinquième Avenue. Il était plus de cinq heures, et la foule se pressait autour d'elle, entrant et sortant des magasins, les bras chargés de paquets. En d'autres temps elle aurait partagé leur excitation, mais aujourd'hui elle se sentait beaucoup trop lasse. Pendant les vacances de Noël, tout le monde désirait se retrouver chez soi, et les patients à l'hôpital s'étaient montrés particulièrement déprimés ou difficiles. Leur expression abattue lui rappelait son propre découragement lors des deux Noëls précédents, tous les deux passés à la maison d'arrêt pour femmes de Bedford. Elle longea la cathédrale St. Patrick, hésita

13

un instant au souvenir de sa grand-mère qui les y emmenait toujours, elle et son frère Jimmy, pour voir la crèche. Mais il y avait vingt ans de cela, elle avait alors dix ans et son frère six. Un instant, elle souhaita revenir en arrière, pouvoir changer le cours des choses, éviter les malheurs qui les avaient frappés et empêcher son frère de devenir ce qu'il était aujourd'hui.

Le simple fait d'évoquer son nom suffit à soulever en elle une vague d'effroi. Dieu tout-puissant, faites qu'il me laisse tranquille, implora-t-elle. Tôt dans la matinée, Gigi cramponnée à ses jambes, elle avait entendu frapper violemment à sa porte et découvert l'inspecteur Shore et un autre policier, un certain inspecteur Levy, qui se tenaient dans le couloir mal éclairé de son immeuble au coin de la 10e Rue Est et de l'Avenue B.

« Cally, tu planques à nouveau ton frère ? » Shore parcourait la pièce du regard, dans l'espoir d'y trouver le signe d'une présence cachée.

C'est ainsi que Cally avait eu vent de l'évasion de Jimmy de la prison de Riker's Island.

« Il est accusé de tentative de meurtre sur la personne d'un gardien de prison, lui avait dit l'inspecteur d'une voix cassante. L'homme est dans un état critique. Ton frère a tiré sur lui et volé son uniforme. Cette fois-ci, tu risques autre chose que quinze mois de taule si tu l'aides à s'évader. Récidive de complicité par assistance ; s'agissant d'une tentative de meurtre — ou d'un meurtre — sur un représentant de la loi, tu écoperas du maximum.

— Je ne me suis jamais pardonné d'avoir

donné de l'argent à Jimmy, avait répondu doucement Cally.

— Ouais. Ainsi que les clés de ta voiture, lui rappela-t-il. Cally, je te préviens. Tiens-toi en dehors de ça, aujourd'hui.

— Je ne bougerai pas. Vous pouvez être tranquilles. Et je ne savais pas ce qu'il avait fait la dernière fois. » Les voyant inspecter à nouveau la pièce des yeux, elle s'était écriée : « Allez-y. Vous pouvez fouiller. Il n'est pas ici. Et si vous voulez mettre ma ligne sur écoute, faites-le, tant que vous y êtes. Je veux que vous m'entendiez dire à Jimmy de se rendre. Parce que je n'ai pas d'autre conseil à lui donner. »

Mais Jimmy ne me trouvera pas, tenta-t-elle de se persuader, tout en se frayant un passage à travers la foule. Sûrement pas. Pas cette fois-ci. Après avoir purgé sa peine, elle était allée chercher Gigi chez sa nourrice. L'assistante sociale lui avait déniché ce petit appartement dans la 10e Rue Est ainsi qu'un job d'aide-soignante à l'hôpital St. Luke-Roosevelt.

Le premier Noël qu'elle allait passer avec Gigi depuis deux ans ! Si seulement elle avait eu de quoi lui offrir de jolis cadeaux, regretta-t-elle. Une petite fille de quatre ans méritait d'avoir une voiture de poupée neuve, pas cette relique qu'elle lui avait achetée faute de mieux. Le petit édredon et l'oreiller dont elle l'avait garnie ne dissimulaient guère la piètre apparence du jouet. Peut-être pourrait-elle retrouver le type qui vendait des poupées dans la rue la semaine dernière ? Elles coûtaient huit dollars, et l'une d'elles ressemblait à Gigi.

Elle n'avait pas eu assez d'argent sur elle ce

jour-là, mais le vendeur avait dit qu'il serait sur la Cinquième Avenue, entre la 57ᵉ et la 47ᵉ, la veille de Noël. Il fallait qu'elle le retrouve. Oh, mon Dieu, implora-t-elle, faites qu'on arrête Jimmy avant qu'il ne fasse du mal à quelqu'un. Il y a quelque chose d'anormal chez lui. Depuis toujours.

Un peu plus haut dans la rue, des gens chantaient « Douce nuit ». Comme elle s'approchait, elle constata qu'il ne s'agissait pas d'un chœur, mais d'une foule rassemblée autour d'un violoniste ambulant qui jouait des airs de Noël.

Un enfant mystérieux...

Brian ne se joignit pas aux chanteurs, bien que « Douce nuit » fût son air préféré et que chez lui, à Omaha, il fît partie du chœur des enfants de la paroisse. Il aurait tellement voulu être là-bas en ce moment, s'apprêtant avec la famille à décorer l'arbre de Noël dans le salon, et non à New York ; il aurait tant voulu que tout soit comme avant.

Il aimait bien New York et il attendait toujours avec impatience l'habituel séjour chez sa grand-mère l'été. Il s'y amusait beaucoup. Mais il n'aimait pas ce genre de visite. Pas la veille de Noël, avec papa à l'hôpital et maman si triste, et Michael qui passait son temps à le commander, bien qu'il eût à peine trois ans de plus que lui.

Brian enfouit ses mains dans les poches de sa veste. Il avait froid malgré ses moufles. Il lança un regard agacé vers l'arbre géant de l'autre côté de l'avenue, sur le bord opposé de la patinoire. Dans une minute, sa mère allait dire :

16

« Bon. Maintenant, allons jeter un coup d'œil au sapin. »

Il était si grand, et ses lumières si brillantes, et il y avait une grosse étoile tout en haut. Mais Brian s'en moquait en ce moment, comme des vitrines qu'ils venaient de voir. Il n'avait pas envie d'écouter le type qui jouait du violon non plus, et il n'avait pas envie de rester là.

Ils perdaient leur temps. Il voulait aller à l'hôpital et regarder maman donner à papa la grande médaille qui avait sauvé la vie de grand-père quand il était soldat durant la Seconde Guerre mondiale. Grand-père l'avait portée durant toute la guerre, et elle était même éraflée à l'endroit où une balle l'avait frappée.

Granny avait demandé à maman de la donner à papa, et tout en trouvant ça un peu ridicule, maman avait promis de le faire, mais elle avait ajouté : « Oh, tu sais, Christophe n'était qu'un mythe. Il n'est même plus considéré comme un saint, et les seules personnes qu'il ait aidées sont les vendeurs de ses médailles ; tout le monde les fixait sur le tableau de bord de la voiture, autrefois. »

Mais Granny avait dit : « Catherine, ton père croyait qu'elle l'avait aidé à sortir sain et sauf de terribles combats et c'est ce qui importe. Il avait la foi, comme moi. S'il te plaît, donne-la à Tom et tâche d'y croire toi aussi. »

Brian se sentit irrité contre sa mère. Si Granny croyait que papa guérirait grâce à la médaille, alors maman devait la lui donner. Il était sûr que Granny avait raison.

... dort en toute innocence sous l'immense ciel bleu. Le violon se tut et la femme qui avait

dirigé les chants tendit un petit panier. Brian regarda les spectateurs y déposer des pièces et des billets.

Sa mère sortit son portefeuille du sac qu'elle portait en bandoulière et y prit deux billets d'un dollar. « Michael, Brian, allez les déposer dans la corbeille. »

Michael saisit son dollar et essaya de se frayer un chemin dans la foule. Brian s'apprêta à le suivre, puis s'aperçut que le portefeuille de sa mère avait glissé hors du sac lorsqu'elle avait voulu l'y remettre et qu'il était tombé par terre.

Il se retourna, prêt à le ramasser, mais avant qu'il ait pu faire un geste, une main se tendit vers le sol et s'en empara. Brian vit que la main appartenait à une femme très maigre vêtue d'un imperméable noir, les cheveux coiffés en une longue queue-de-cheval.

« Maman ! » dit-il d'un ton anxieux, mais tout le monde s'était remis à chanter et elle ne tourna pas la tête. La femme se fondait dans la foule. Instinctivement, Brian se mit à la suivre, craignant de la perdre de vue. Il se retourna pour lancer un autre appel à sa mère, mais elle mêlait sa voix à celles des autres, à présent. *Que Dieu vous garde, mes amis.* Ils chantaient tous si fort qu'elle ne pouvait pas l'entendre.

Brian hésita un instant, regarda sa mère par-dessus son épaule. Devait-il courir la rejoindre ? Il pensa à la médaille qui guérirait son père ; elle se trouvait dans le portefeuille, il ne pouvait pas laisser cette femme la voler.

La femme tournait déjà le coin de la rue. Il s'élança à sa poursuite.

Pourquoi l'ai-je ramassé ? pensait Cally fiévreusement tandis qu'elle remontait rapidement la 48e Rue en direction de Madison Avenue. Elle avait renoncé à retrouver le marchand de poupées dans la Cinquième Avenue. Au lieu de cela, elle prit la direction du métro de Lexington Avenue. Bien sûr, elle aurait eu plus vite fait de remonter jusqu'à la 51e Rue, mais le portefeuille pesait dans sa poche comme une brique brûlante, et elle avait l'impression que tout le monde autour d'elle la regardait d'un air accusateur. Elle prendrait le métro à Grand Central Station. La gare serait bondée. C'était l'endroit le plus sûr.

Une voiture de police passa au moment où elle tournait à droite et traversait la rue. En dépit du froid, elle commençait à transpirer.

Il appartenait probablement à cette femme accompagnée de deux petits garçons. Il était par terre à côté d'elle. Cally se remémora la mince jeune femme vêtue d'un pardessus rose dont la doublure de fourrure apparaissait aux poignets à revers. Il s'agissait visiblement d'un vêtement coûteux, comme le sac qu'elle portait en bandoulière, comme ses bottes ; les cheveux qui effleuraient le col du manteau étaient d'un noir brillant. Elle semblait n'avoir aucun souci au monde.

J'aimerais bien lui ressembler, avait pensé Cally. Elle a à peu près mon âge et ma taille et nous avons presque la même teinte de cheveux. Qui sait, l'année prochaine je pourrai peut-être nous acheter de jolis vêtements, à Gigi et à moi.

Puis elle avait jeté un coup d'œil aux vitrines

de Saks. C'est vrai, je n'ai pas vu tomber le portefeuille, se dit-elle. Mais en passant près de la jeune femme, son pied avait heurté quelque chose et elle avait baissé les yeux. C'était alors qu'elle l'avait aperçu par terre.

Pourquoi ne lui ai-je pas demandé s'il lui appartenait ? se reprocha Cally. Sur le coup, elle s'était souvenue de sa grand-mère, des années auparavant, qui était rentrée chez elle un jour, bouleversée et consternée. Elle avait trouvé un portefeuille dans la rue et l'avait ouvert, cherchant le nom et l'adresse du propriétaire. Elle avait marché pendant vingt bonnes minutes pour aller le lui rendre, malgré son arthrite qui rendait chacun de ses pas douloureux.

La femme à qui il appartenait en avait vérifié le contenu, prétendant qu'il manquait un billet de vingt dollars.

Grand-mère avait été horriblement choquée. « Elle m'a pratiquement traitée de voleuse. »

Ce souvenir avait envahi Cally à l'instant où elle avait touché le portefeuille. S'il appartenait à la dame au manteau rose, et qu'elle accuse Cally de l'avoir dérobé dans sa poche ou d'y avoir pris de l'argent ? Mettons qu'elle appelle un agent de police ? Ils découvriraient qu'elle était en liberté surveillée. Ils ne la croiraient pas plus aujourd'hui que lorsqu'elle leur avait juré avoir prêté de l'argent et sa voiture à Jimmy parce qu'il disait qu'un type d'une bande rivale voulait le tuer et qu'il devait quitter la ville immédiatement.

Oh, mon Dieu, pourquoi n'ai-je pas simplement laissé ce portefeuille où il était ? Elle envisagea de le jeter dans la boîte aux lettres la plus proche. Elle ne pouvait prendre ce risque : il y avait trop de flics en civil dans cette partie de la ville durant les fêtes de Noël. Et si l'un d'eux la voyait et lui demandait ce qu'elle faisait ? Non, elle allait rentrer chez elle tout de suite. Aika, qui s'occupait de Gigi en même temps que de ses propres petits-enfants après la fermeture du jardin d'enfants, la ramènerait bientôt à la maison. Il se faisait tard.

Je mettrai le portefeuille dans une enveloppe adressée à la personne dont le nom est à l'intérieur, et je le posterai plus tard, décida Cally. C'est tout ce que je peux faire.

Cally arriva à Grand Central Station. Comme elle l'avait espéré, la gare était bondée de voyageurs qui se précipitaient dans toutes les directions, pressés de rentrer chez eux pour fêter Noël. Elle se fraya un passage à travers le hall principal, et descendit l'escalier qui menait à l'entrée du métro de Lexington Avenue.

En introduisant son jeton dans la fente et en se hâtant vers l'express de la 14e Rue, elle ne remarqua pas le petit garçon qui s'était glissé sous le tourniquet et lui emboîtait le pas.

2

Que Dieu vous garde, mes amis, ne vous effrayez pas !... Les paroles familières semblaient narguer Catherine, lui rappelant les menaces qui pesaient sur la vie heureuse et confortable qu'elle avait crue indestructible. Son mari était à l'hôpital, atteint de leucémie. L'ablation de sa rate hypertrophiée avait été pratiquée ce matin, et bien qu'il fût trop tôt pour se prononcer, il semblait se remettre de façon satisfaisante. Malgré tout, elle était tenaillée par la peur qu'il ne survive pas, et la pensée de l'existence sans lui la paralysait.

Pourquoi ne me suis-je pas aperçue que Tom était malade ? se reprochait-elle. Elle se souvenait qu'à peine deux semaines auparavant, quand elle lui avait demandé de sortir de la voiture les paquets du supermarché, il s'était penché à l'intérieur du coffre pour prendre le sac le plus lourd, avait hésité, puis fait une grimace en le soulevant.

Elle s'était moquée de lui. « On joue les sportifs un jour. On est perclus le lendemain. Quel athlète tu fais ! »

« Où est Brian ? » demanda Michael, reve-

23

nant vers elle après avoir déposé le billet d'un dollar dans la corbeille du chanteur.

Perdue dans ses pensées, Catherine regarda son fils. « Brian ? dit-elle d'un air décontenancé. Il est là. » Elle regarda près d'elle, parcourut des yeux l'assistance. « Je lui ai donné un dollar comme à toi. Vous n'êtes donc pas allés l'offrir ensemble au violoniste ?

— Non, fit Michael d'un ton maussade. Il l'a probablement gardé pour lui. C'est un débile.

— Tais-toi », le gronda Catherine. Elle chercha autour d'elle, soudain affolée. « Brian, appela-t-elle. Brian. » Le chant de Noël était terminé, la foule se dispersait. Où était passé Brian ? Il ne se serait pas sauvé comme ça. « Brian ! » appela-t-elle encore, plus fort, l'inquiétude perçant dans sa voix.

Quelques passants se retournèrent et la dévisagèrent avec curiosité. « Un petit garçon, dit-elle, saisie par la peur. Il porte un anorak bleu foncé et une casquette rouge. Personne ne l'a vu ? »

Les têtes s'agitèrent négativement, les regards cherchèrent alentour, désirant l'aider. Une femme indiqua derrière eux la queue qui s'allongeait devant les vitrines de Saks. « Peut-être est-il allé là-bas ? dit-elle avec un accent prononcé.

— Et l'arbre de Noël ? N'aurait-il pas traversé pour le regarder de plus près ? suggéra une autre passante.

— Peut-être est-il allé jusqu'à la cathédrale ? dit quelqu'un.

— Non. Non. Brian ne ferait pas ça. Nous devons aller voir son père. Brian est bien trop impatient d'être auprès de lui. » Au moment où elle prononçait ces mots, Catherine comprit qu'il était arrivé quelque chose d'anormal. Elle sentit sourdre les larmes qui lui montaient aux yeux si facilement depuis peu. Elle fouilla dans son sac pour prendre un mouchoir et vit qu'il y manquait quelque chose : la forme familière de son portefeuille.

« Oh, mon Dieu, s'exclama-t-elle, mon portefeuille a disparu !

— Maman ! » Brusquement, Michael perdit l'expression maussade qui était sa façon de cacher son inquiétude au sujet de son père. Il redevint un petit garçon effrayé de dix ans. « Maman, tu crois que Brian a été kidnappé ?

— Voyons, c'est impossible ! Personne ne l'aurait emmené de force. C'est impossible. » Catherine sentit ses jambes flageoler. « Appelez la police ! cria-t-elle. Mon petit garçon a disparu ! »

La gare était pleine de monde. Les gens couraient dans tous les sens à travers le hall. Il y avait des décorations de Noël suspendues partout. Et beaucoup de bruit aussi. Des cris de toutes sortes dont l'écho se répétait dans ce vaste espace, se répercutant sur la haute verrière au-dessus de Brian. Un homme, les bras chargés de paquets, lui flanqua un coup de coude dans l'oreille : « Désolé, petit. »

Il avait du mal à suivre la femme qui avait pris le portefeuille de sa mère. Il la perdait constamment de vue. Il s'efforça de contourner une famille avec deux enfants qui lui barrait le passage. Il les dépassa, mais se cogna dans une dame qui lui jeta un regard noir. « Tu ne peux pas faire attention !

— Pardon », dit Brian poliment, levant les yeux vers elle. A cette seconde, il faillit perdre la trace de la femme qu'il pourchassait, la rattrapa au moment où elle descendait un escalier et parcourait rapidement un long couloir qui conduisait à la station de métro. Lorsqu'elle franchit le tourniquet, il se glissa derrière elle et la suivit jusqu'au quai.

La voiture était bourrée à craquer et il faillit ne pas pouvoir monter. La femme était debout, se tenant à l'une des poignées suspendues au-dessus de sa tête. Brian resta à côté d'elle, cramponné à une barre verticale. A la station suivante, elle écarta les passagers pour se diriger vers les portes automatiques. Coincé par la foule qui se pressait devant lui, Brian crut qu'il ne parviendrait pas à sortir à temps, et il dut accélérer le pas pour la rejoindre. Il la suivit dans les escaliers qui menaient à une autre ligne.

Cette fois, la voiture était moins encombrée et Brian se mit à côté d'une vieille dame qui lui rappelait sa grand-mère. La femme à l'imperméable sombre descendit au deuxième arrêt et il la suivit à nouveau, les yeux rivés sur sa queue-de-cheval, tandis qu'elle montait presque en courant l'escalier qui donnait sur la rue.

Ils débouchèrent dans un carrefour animé. Des autobus circulaient dans les deux sens, accélérant au croisement avant que les feux ne passent au rouge. Brian lança un coup d'œil derrière lui. Aussi loin que portait son regard, il ne voyait que des immeubles d'habitation. Des centaines de fenêtres éclairées.

La dame avec le portefeuille attendit au bord du trottoir que le feu change. Le signal « Traversez » s'alluma et il franchit la chaussée à la suite de sa proie. En atteignant le côté opposé, elle tourna à gauche et descendit d'un pas rapide le trottoir en pente douce. Brian jeta un regard bref au panneau indiquant le numéro de la rue. Lorsqu'ils étaient venus l'été dernier, sa mère lui avait expliqué comment s'y reconnaître à New York. « Grand-mère habite 87e Rue, avait-elle dit. Nous sommes dans la 50e. A combien de blocs se trouve son appartement ? » Le panneau qu'il avait aujourd'hui sous les yeux indiquait la 14e Rue. Il fallait qu'il s'en souvienne, se dit-il avec détermination tout en emboîtant le pas à la femme qui était en possession du portefeuille.

Soudain, il sentit des flocons de neige sur son visage. Le vent s'était levé et le froid lui piquait les joues. Il espéra voir apparaître un agent de police à qui demander de l'aide, mais il n'y en avait pas un seul aux alentours. Quoi qu'il arrive, il savait ce qui lui restait à faire — il allait suivre cette femme jusqu'à l'endroit où elle habitait. Il avait toujours le dollar que sa maman lui avait donné pour le violoniste. Il ferait de la monnaie et téléphonerait à sa grand-mère pour qu'elle envoie un agent qui rapporterait le portefeuille de sa maman.

C'est un bon plan, pensa-t-il. En fait, il était sûr qu'il allait marcher. Il fallait absolument qu'il récupère le portefeuille, et la médaille qui se trouvait à l'intérieur. Il se souvint qu'en

27

entendant maman déclarer que la médaille n'aurait aucun effet, sa grand-mère la lui avait mise de force dans la main en disant : « Catherine, donne-la à Tom et tâche d'y croire toi aussi. »

Le visage de sa grand-mère avait une expression si calme et si confiante que Brian était certain qu'elle avait raison. Dès qu'il aurait retrouvé la médaille et l'aurait donnée à son père, tout irait bien. Il le *savait*.

La femme à la queue-de-cheval accélérait le pas. Brian courut derrière elle tandis qu'elle traversait une rue et franchissait un autre bloc. Puis elle tourna à droite.

La rue dans laquelle ils se trouvaient maintenant n'était pas animée et pleine de vitrines décorées comme celles qu'ils venaient de quitter. Par endroits, les portes et les fenêtres étaient obstruées par des palissades ; des inscriptions multiples noircissaient les murs et de nombreux réverbères étaient cassés. Un barbu, une bouteille serrée contre lui, était assis sur le bord du trottoir. Il tendit la main vers Brian.

Pour la première fois, Brian sentit la peur le gagner et il resta les yeux fixés sur la femme. La neige tombait plus dru à présent, et le trottoir devenait glissant. Il trébucha, reprit son équilibre. Haletant, il s'efforçait de ne pas perdre la dame de vue. Jusqu'où allait-elle marcher comme ça ? Quatre blocs plus loin, il eut la réponse. La femme s'arrêta devant l'entrée d'un vieil immeuble, introduisit sa clé dans la serrure et pénétra à l'intérieur. Brian courut pour retenir la porte avant qu'elle ne claque derrière elle. Trop tard.

Brian resta un instant sans savoir quoi faire, puis dans la vitre il vit un homme qui se dirigeait vers lui. L'homme ouvrit la porte, passa rapidement devant lui, et cette fois Brian parvint à se faufiler à l'intérieur avant que la porte ne se referme.

L'entrée était sombre et sale, et des relents de cuisine flottaient dans l'air. Plus loin, il entendait des pas qui montaient l'escalier. Avalant sa salive pour contenir sa peur, s'efforçant de ne faire aucun bruit, Brian gravit lentement la première volée de marches. Il verrait où allait la dame, ensuite il sortirait de l'immeuble et tâcherait de trouver un téléphone. Au lieu d'appeler sa grand-mère, peut-être composerait-il le 911.

Sa maman lui avait appris que c'était ce qu'il devait faire s'il avait *vraiment* besoin d'aide.

Ce qui n'était pas le cas pour l'instant.

« Bien, madame Dornan. Décrivez-moi votre fils, dit le policier d'un ton apaisant.

— Il a sept ans et il est petit pour son âge », dit Catherine. Elle percevait l'intonation aiguë de sa voix. Ils étaient assis à l'intérieur d'une voiture de police stationnée devant Saks, près de l'endroit où s'était produit le violoniste.

Elle sentit la main de Michael serrer la sienne d'une pression rassurante.

« Couleur des cheveux ? » demanda l'agent.

Michael répondit : « La même que les miens. Une sorte de roux foncé. Il a les yeux bleus, des taches de rousseur et il a perdu une dent de devant. Il porte le même genre de pantalon que moi et le même anorak, sauf que le sien est bleu et le mien vert. Il est très maigre. »

Le policier lança à Michael un regard approbateur. « Bravo, fiston. Maintenant, madame, vous me dites que votre portefeuille a disparu. Pourriez-vous l'avoir laissé tomber, ou quelqu'un vous aurait-il bousculée ? Un pickpocket, par exemple ?

— Je ne sais pas, répondit Catherine. Ce n'est pas le portefeuille qui m'importe. Mais après avoir donné de l'argent aux enfants pour le violoniste, j'ai dû mal le remettre dans mon sac. Il était très volumineux et il a pu simplement tomber par terre.

— Votre fils aurait-il pu le ramasser et décider d'aller s'acheter quelque chose ?

— Non, sûrement pas. » Catherine secoua la tête avec indignation. « Ne perdez pas votre temps avec une idée pareille.

— Où habitez-vous, madame ? Je veux dire, désirez-vous prévenir quelqu'un ? » Le policier jeta un coup d'œil à l'alliance de Catherine. « Votre mari, peut-être ?

— Mon mari est à l'hôpital Sloan-Kettering. Il est très malade. Il va se demander où nous sommes. En fait, nous devrions être auprès de lui en ce moment. Il nous attend. » Catherine posa la main sur la poignée de la portière. « Je ne peux pas rester ici sans rien faire. Il faut que je retrouve Brian.

— Madame Dornan, je vais immédiatement diffuser le signalement de votre fils. Dans trois minutes, chaque policier patrouillant dans Manhattan va se mettre à sa recherche. Vous savez, il s'est peut-être tout simplement égaré. Cela arrive. Venez-vous souvent en ville ?

— Nous avons habité New York autrefois, mais nous vivons dans le Nebraska maintenant, lui répondit Michael. Nous venons voir ma grand-mère tous les étés. Elle habite dans la 87e Rue. Nous sommes revenus la semaine dernière parce que mon papa a une leucémie et qu'il a fallu l'opérer. Il a fait ses études de médecine avec le docteur qui l'a opéré. »

Manuel Ortiz n'était dans la police que depuis un an, mais il était familier du chagrin et du désespoir et c'était ce qu'il lisait dans le regard de la jeune femme. Son mari était très malade, et un de ses enfants avait disparu. Il était clair qu'elle pouvait s'effondrer d'un instant à l'autre.

« Papa va se douter qu'il se passe quelque chose, s'inquiéta Michael. Maman, il faudrait que tu ailles le voir.

— Madame Dornan, pourquoi ne pas nous laisser Michael ? Nous resterons ici, au cas où Brian tenterait de revenir à son point de départ. Nous allons mettre tous nos hommes à sa recherche, passer le quartier au peigne fin et utiliser des mégaphones pour demander à Brian de nous contacter au cas où il errerait dans les environs. Je vais dire à un agent de vous conduire en voiture à l'hôpital et de vous y attendre.

— Vous restez ici au cas où il reviendrait ?

— Absolument.

— Michael, tu garderas l'œil ouvert ?

— Sûr, maman. Je vais guetter Débile.

— Ne l'appelle pas... » Puis Catherine vit l'expression du visage de son fils. Il fait ce qu'il peut pour me remonter le moral, pensa-t-elle. Il s'efforce de me persuader que Brian est sain et sauf. Que tout ira bien.

Elle passa ses bras autour des épaules de Michael et le sentit qui la serrait maladroitement contre lui.

« Tiens bon, maman », dit-il.

3

Jimmy Siddons jura entre ses dents en traversant le rond-point situé près de l'Avenue B dans la cité de Stuyvesant Town. L'uniforme dont il avait dépouillé le gardien de la prison lui donnait un air respectable mais le porter en pleine rue était risqué. Il avait dérobé un vieil imperméable crasseux et un bonnet en tricot dans le chariot d'un sans-abri. Ça résolvait temporairement son problème, toutefois il lui fallait absolument se procurer d'autres vêtements plus convenables.

Il lui fallait également une voiture. Il devait en trouver une dont l'absence ne serait pas remarquée avant le lendemain matin, une voiture garée pour la nuit, le genre de bagnole que conduisaient les résidents de Stuyvesant Town : de dimension moyenne, noire ou marron, semblable à n'importe laquelle de ces Toyota, Honda ou Ford qui sillonnent les routes. Rien d'original.

Jusqu'à présent il n'en avait repéré aucune. Il avait vu un vieux schnock sortir d'une Honda en disant à la personne qui l'accompagnait : « Ça fait du bien de revenir chez soi », mais c'était un de ces modèles rouge pétant qui se remarquaient à un kilomètre.

Un gamin dans une vieille caisse se gara non loin de là. Le bruit du moteur suffit à dégoûter Jimmy. Vraiment ce dont il avait besoin ! À peine sur l'autoroute, c'était la panne assurée.

Il avait froid et faim. Dix heures de voiture, se dit-il, et je serai au Canada, Paige viendra me retrouver et nous disparaîtrons dans la nature. C'était la première vraie nana qu'il eût jamais eue, et elle l'avait drôlement aidé à Detroit. Il savait qu'il n'aurait jamais été pris l'été dernier s'il avait mieux examiné cette foutue station-service dans le Michigan. Il aurait dû vérifier les toilettes à l'extérieur, au lieu de se laisser surprendre par un flic qui en sortait au moment où il braquait son arme sur le pompiste.

Le lendemain, il était de retour à New York. Jugé pour le meurtre d'un flic.

Un couple âgé passa devant lui et lui adressa un sourire. « Joyeux Noël. »

Jimmy leur répondit d'une aimable inclinaison de tête. Puis il dressa l'oreille en entendant la femme dire : « Ed, je ne comprends pas que tu n'aies pas mis les cadeaux des enfants dans le coffre. Personne ne laisse des choses en vue toute une nuit dans une voiture, à notre époque. »

Jimmy tourna à l'angle de la rue et se dissimula dans l'obscurité, regardant le couple s'arrêter devant une Toyota de couleur sombre. L'homme ouvrit la portière. Il prit sur la banquette arrière un petit cheval à bascule qu'il tendit à la femme, puis il ramassa une demi-douzaine de paquets enveloppés de papier coloré. Il transféra le tout dans la malle arrière, referma la voiture à clé et regagna le trottoir.

Jimmy entendit la femme dire : « J'espère que le téléphone ne craint rien dans la boîte à gants », et son mari répondre : « Mais non. De toute façon, c'est de l'argent fichu en l'air, à mon avis. J'ai hâte de voir la tête de Bobby demain, au moment où il découvrira tous ses cadeaux. »

Il les vit disparaître au coin de la rue. Ce qui signifiait qu'ils ne pourraient pas remarquer la place de stationnement vide depuis les fenêtres de leur appartement.

Jimmy attendit dix minutes avant de s'approcher de la voiture. Quelques flocons de neige tourbillonnèrent autour de lui. Deux minutes plus tard, il sortait de la cité au volant de la Toyota. Il était cinq heures et quart. Il prit la direction de l'appartement de Cally, entre la 10e Rue et l'Avenue B. Il se doutait qu'elle serait surprise. Et sûrement pas ravie de le voir. Elle s'était peut-être figuré qu'il ne saurait pas la retrouver. Comment pouvait-elle penser que, même enfermé à Riker's Island, il ne découvrirait pas un moyen de la suivre à la trace ?

Ma chère grande sœur, songea-t-il en s'engageant dans la 14e Rue, tu avais promis à grand-mère de t'occuper de moi ! « Jimmy a besoin d'être tenu, disait sa grand-mère. Il fréquente une bande de vauriens. Il est trop influençable. » Et pourtant, Cally ne lui avait pas rendu visite *une seule fois* à la prison de Riker's. Pas une seule. Il n'avait eu aucune nouvelle.

Il devait se méfier. Des flics étaient sûrement planqués autour de la maison de Cally. Mais il l'avait prévu. Il connaissait le quartier par cœur, et il savait comment passer par les toits pour parvenir jusqu'à son immeuble. Il lui était même arrivé d'y faire un ou deux coups quand il était môme.

Connaissant Cally, il était certain qu'elle devait conserver les vêtements de Frank dans sa penderie. Elle avait été folle de ce type, et il y avait probablement des photos de lui dans tout l'appartement. Quand on pensait qu'il était mort avant même la naissance de Gigi.

Et connaissant Cally, elle aurait sûrement quelques dollars à filer à son petit frère pour payer l'autoroute, se dit-il. Il saurait la convaincre de la boucler jusqu'à ce qu'il soit en sécurité au Canada en compagnie de Paige.

Paige. Son image flotta dans son esprit. Pulpeuse. Blonde. Vingt-deux ans à peine. Dingue de lui. Elle avait tout arrangé, lui avait fait passer le revolver. Elle ne le laisserait jamais tomber.

Jimmy eut un sourire mauvais. Tu ne t'es jamais manifestée pendant que je moisissais à Riker's Island, pensa-t-il. Mais cette fois encore, ma chère sœur, tu vas m'aider à me sortir de là, que tu le veuilles ou non.

Il gara la voiture à quelque distance de l'immeuble de Cally et fit mine de vérifier les pneus pendant qu'il inspectait les environs. Pas un flic en vue. Même s'ils surveillaient l'appartement de Cally, ils ne se doutaient probablement pas qu'on pouvait l'atteindre par ce terrain vague entouré d'une palissade. En se relevant, il jura. Foutu autocollant ! Trop voyant. NOUS SOMMES EN TRAIN DE DILAPIDER L'HÉRITAGE DE NOS PETITS-ENFANTS.

36

Un quart d'heure plus tard, Jimmy crochetait la méchante serrure de l'appartement de Cally et pénétrait à l'intérieur. Quelle taule ! se dit-il, remarquant les fissures du plafond et le linoléum usagé de la minuscule entrée. Mais propre. Chez Cally, tout était toujours impeccable. Sous un arbre de Noël, dans le coin qui faisait office de séjour, étaient disposés deux paquets joliment emballés de papier multicolore.

Jimmy haussa les épaules, entra dans la chambre et fouilla la penderie en quête de vêtements. Après s'être changé, il passa l'appartement au peigne fin pour y découvrir de l'argent, mais il ne trouva pas un sou. Il ouvrit brutalement les portes qui séparaient le bloc-cuisine du living-room, chercha vainement une bière, se contenta d'un Pepsi et se prépara un sandwich.

D'après ce que ses sources lui avaient rapporté, Cally aurait déjà dû être rentrée de son boulot à l'hôpital. Il savait qu'elle prenait Gigi en chemin, chez la nounou. Il s'assit sur le canapé, les yeux rivés sur la porte d'entrée, les nerfs tendus. Il avait dépensé la presque totalité des malheureux dollars trouvés dans la poche du gardien pour s'acheter de quoi manger dans la rue. Il lui fallait du fric pour payer l'autoroute et refaire le plein d'essence. Allez, Cally, qu'est-ce que tu fous ?

A six heures moins dix, il entendit le bruit de la clé dans la serrure. Il bondit sur ses pieds et en trois enjambées se retrouva dans l'entrée, aplati contre le mur. Il attendit que Cally fût entrée et eût refermé la porte, puis plaqua sa main sur sa bouche.

« *Ne crie pas !* lui souffla-t-il, étouffant son gémissement terrifié. Compris ? »

Elle hocha la tête, les yeux dilatés par la peur.

« Où est Gigi ? Pourquoi n'est-elle pas avec toi ? »

Il relâcha la pression de sa main, suffisamment pour la laisser balbutier d'une voix presque inaudible : « Elle est restée chez la nounou. Elle la garde plus longtemps aujourd'hui, parce que j'ai des courses à faire. Jimmy, que fais-tu ici ?

— Combien d'argent as-tu ?

— Tiens, prends mon porte-monnaie. » Elle le lui tendit, priant le Seigneur qu'il n'ait pas l'idée de fouiller les poches de son manteau. Oh, mon Dieu, implora-t-elle, faites qu'il s'en aille !

Il s'empara de son sac à main et l'avertit, d'une voix rauque et menaçante : « Cally, je vais te lâcher. Mais ne fais pas l'andouille, ou Gigi n'aura plus de maman pour s'occuper d'elle. Tu comprends ?

— Oui. Oui. »

Elle attendit qu'il la libère puis se tourna lentement vers lui. Elle n'avait pas revu son frère depuis cette horrible nuit, trois ans auparavant, où, Gigi dans les bras, elle était rentrée de son travail à la garderie et l'avait trouvé qui l'attendait dans son appartement du Village Ouest.

Il n'a pas beaucoup changé, pensa-t-elle, il a seulement les cheveux plus courts et le visage plus mince. Dans ses yeux on ne voyait même plus trace de cette expression fugitive d'humanité qui laissait espérer le voir un jour s'amender. Plus rien. Rien ne subsistait du petit garçon effrayé qui s'était accroché à elle quand leur mère les avait abandonnés à la charge de leur grand-mère, disparaissant de leur existence.

Il ouvrit son sac, fouilla et en sortit son porte-monnaie vert fluo. « Dix-huit dollars, fit-il d'un ton furieux, après avoir rapidement fait le compte. C'est tout ?

— Jimmy, je vais être payée après-demain. Prends-les et va-t'en. Je t'en supplie, laisse-moi tranquille. »

Le réservoir de la voiture était à moitié plein. C'était suffisant pour le compléter et payer les péages. Je pourrai atteindre le Canada. Il faut que Cally la boucle, naturellement, mais ça ne devrait pas poser de problème. Si elle lui mettait les flics aux fesses et qu'ils l'arrêtaient, il jurerait qu'elle lui avait fait passer l'arme avec laquelle il avait buté le gardien.

Soudain, un bruit à l'extérieur le fit pivoter sur lui-même. Il s'approcha de l'œilleton mais ne vit rien sur le palier. Avec un geste menaçant à l'adresse de Cally, lui intimant de garder le silence, il tourna la poignée sans faire de bruit et entrebâilla la porte, juste à temps pour voir un petit garçon se relever et se diriger sur la pointe des pieds vers l'escalier.

D'un seul mouvement, Jimmy ouvrit la porte en grand et saisit l'enfant par la taille, lui couvrant la bouche d'une main. Il l'attira à l'intérieur, le posa à terre brutalement.

« Tu nous espionnais, morveux ? Qui est ce gosse, Cally ?

— Jimmy, laisse-le tranquille. Je ne sais pas qui c'est, cria-t-elle. Je ne l'ai jamais vu. »

Brian avait si peur qu'il pouvait à peine parler. Mais il se rendait compte que l'homme et la femme étaient furieux l'un contre l'autre. Peut-être l'homme l'aiderait-il à récupérer le porte-feuille de sa maman. Il désigna Cally : « Elle a volé le portefeuille de ma maman. »

Jimmy lâcha Brian et se tourna vers sa sœur. « Ah, voilà enfin une nouvelle intéressante, dit-il avec un sourire grimaçant. Pas vrai ? »

4

Un policier en civil au volant d'une voiture banalisée conduisit Catherine à l'hôpital. « Je vais vous attendre ici, madame Dornan, dit-il. J'ai la liaison radio et je serai averti à la minute même où ils retrouveront Brian. »

Catherine fit un signe de la tête. *S'ils retrouvent Brian...* Elle sentit sa gorge se serrer, épouvantée par cette pensée.

Le hall d'entrée de l'hôpital était décoré pour les fêtes. Au milieu trônait un arbre de Noël, des guirlandes de feuillage couraient le long des murs et des poinsettias ornaient le bureau de la réception.

Catherine reçut un badge de visiteur et apprit que Tom occupait désormais la chambre 530. Elle se dirigea vers les ascenseurs, entra dans une cabine déjà à moitié pleine — en majorité du personnel de l'hôpital : médecins en blouse blanche avec le stéthoscope et le carnet de notes traditionnels dans leur poche de poitrine, garçons de salle en tenue verte, deux infirmières.

Il y a deux semaines, songea Catherine, Tom faisait ses visites à l'hôpital St. Mary, à Omaha, et je faisais mes achats de Noël. Ce soir-là, nous étions allés manger des hamburgers avec les enfants. La vie était normale, agréable et gaie, et nous évoquions en riant les efforts désespérés de Tom l'année précédente pour fixer le sapin sur son support branlant. J'avais promis d'en acheter un nouveau avant le réveillon. Et une fois de plus j'avais pensé que Tom avait l'air épuisé et j'avais laissé aller les choses.

Trois jours plus tard il s'était écroulé.

« N'avez-vous pas appuyé sur le cinquième ? » demanda quelqu'un.

Catherine cilla des yeux. « Oh oui, merci. » Elle sortit de l'ascenseur et resta immobile un instant, tentant de s'orienter. Elle trouva enfin ce qu'elle cherchait, une flèche sur le mur indiquant les chambres 515 à 530.

Au moment où elle atteignait le bureau des infirmières, elle aperçut Spence Crowley. Son cœur battit plus vite. Immédiatement après l'intervention, le matin même, Spence lui avait assuré que tout s'était bien passé et que son assistant se chargerait des visites au cours de l'après-midi. Pourquoi dans ce cas se trouvait-il là ? s'inquiéta-t-elle. S'était-il passé quelque chose d'anormal ?

Il la vit et sourit. Oh, Dieu, il ne sourirait pas si Tom... Elle ne put achever sa pensée.

Il s'avança rapidement vers elle. « Catherine, si vous pouviez voir votre expression ! Tom va très bien. Il est un peu sonné, naturellement, mais les réflexes vitaux sont excellents. »

Catherine leva les yeux vers lui. Elle désirait tellement croire aux mots qu'elle entendait, se fier à la sincérité de ses yeux bruns abrités derrière des lunettes sans monture.

Il la prit fermement par le bras et la fit entrer dans le réduit voisin du bureau des infirmières. « Catherine, je ne veux pas vous sermonner, mais vous devez comprendre que Tom a une bonne chance de s'en tirer. Une très bonne chance. J'ai des patients qui ont mené une vie active, bien remplie, avec une leucémie. Il existe différents types de traitements permettant de juguler la maladie. J'ai l'intention de prescrire à Tom de l'interféron. Les résultats ont été miraculeux sur certains de mes patients. Cela suppose des injections quotidiennes au début ; dès que nous aurons trouvé le dosage optimal, il pourra se les faire lui-même. Lorsqu'il aura récupéré complètement, il pourra se remettre à travailler, et je vous promets que c'est ainsi que les choses vont se passer. » Puis il ajouta doucement : « Mais il y a un problème. »

Il prit alors un air grave. « La vue de Tom dans le service de réanimation cet après-midi vous a bouleversée, et je le comprends.

— En effet. » Elle avait en vain tenté de retenir ses larmes. Elle avait eu si peur. En apprenant que l'opération s'était bien passée, elle avait éprouvé un tel soulagement qu'elle n'avait pu se contrôler.

« Catherine, Tom m'a prié à l'instant de lui dire la vérité. Il croit que je vous ai laissé entendre que tout espoir était perdu. Il commence à perdre confiance en moi. Il se demande si je ne suis pas en train de lui cacher quelque chose. À vrai dire, Catherine, il n'en est rien, et vous devez le convaincre qu'une longue existence vous attend tous les deux, que vous en êtes certaine. Il faut l'empêcher de se mettre dans la tête que son temps est compté, non seulement parce que ce serait nocif pour sa santé, mais surtout parce que ce n'est pas vrai. Pour se remettre, Tom doit croire dans ses chances de rétablissement, et cette confiance dépend en grande partie de vous.

— Spence, j'aurais dû m'apercevoir qu'il était malade. » Spence passa un bras autour de ses épaules. « Ecoutez, dit-il, il existe un vieil adage dans notre profession : "Médecin, guéris-toi toi-même." Lorsque Tom ira mieux, je lui passerai un savon pour avoir négligé les symptômes qu'il aurait dû remarquer. Mais pour le moment, entrez dans sa chambre d'un pas léger et l'air joyeux. Vous en êtes capable. »

Catherine se força à sourire : « Comme ça ?

— C'est beaucoup mieux, approuva-t-il. Souvenez-vous, c'est Noël. Je croyais que vous ameniez les enfants avec vous, ce soir ? »

Elle ne pouvait pas lui parler de la disparition de Brian. Pas maintenant. Elle testa sur lui ce qu'elle avait l'intention de dire à Tom. « Brian tousse beaucoup et je veux être sûre qu'il n'est pas en train de s'enrhumer.

— C'est plus prudent. Bon. À demain. Maintenant, n'oubliez pas de sourire. Vous êtes ravissante lorsque vous souriez. »

Catherine hocha la tête et prit la direction de la chambre 530. Elle ouvrit doucement la porte. Tom était endormi. Un goutte-à-goutte était branché à son avant-bras. Des tubes à oxygène pénétraient dans ses narines. Son teint était aussi blanc que son oreiller, ses lèvres couleur de cendre.

L'infirmière de garde se leva. « Il vous a

demandée, madame Dornan. Je vais attendre dehors. »

Catherine approcha une chaise du lit. Elle s'assit et posa sa main sur celle qui reposait sur le couvre-lit. Elle observa le visage de son mari, scrutant chaque détail : le haut front encadré de cheveux châtains aux reflets roux, de la couleur exacte de ceux de Brian, les épais sourcils un peu en bataille, le nez droit et les lèvres toujours prêtes à sourire. Elle évoqua ses yeux, plus bleus que gris, l'expression chaleureuse et bienveillante qui les habitait. Il donne confiance à ses patients, pensa-t-elle. Oh, Tom, je voudrais te dire que notre petit garçon a disparu. Je voudrais que tu puisses m'aider à le retrouver.

Tom Dornan ouvrit les yeux : « Hello, mon amour, dit-il faiblement.

— Hello, toi. » Elle se pencha pour l'embrasser. « Je regrette d'avoir été une vraie loque cet après-midi. Mets ça sur le compte des règles ou du soulagement pur et simple. Tu sais quelle midinette sentimentale je suis. Je pleure même quand une histoire se termine bien. »

Elle se redressa et le regarda dans les yeux. « Tu as formidablement récupéré. C'est vrai, tu sais. »

Il ne la croyait pas. *Pas encore*, pensa-t-elle avec détermination.

« Je pensais que tu venais avec les enfants ce soir ? » dit-il.

Elle se rendit compte qu'elle ne pourrait pas prononcer le nom de Brian devant Tom sans fondre en larmes. Elle répondit vivement : « J'ai craint qu'ils ne te submergent de questions. Il m'a semblé préférable d'attendre jusqu'à demain matin.

— Ta mère a téléphoné, dit Tom d'une voix endormie. L'infirmière lui a parlé. Elle lui a dit que tu devais me remettre un cadeau spécial de sa part. De quoi s'agit-il ?

— Attendons les garçons. Ils veulent te l'offrir eux-mêmes.

— D'accord. Mais amène-les demain matin. J'aimerais les voir.

— Bien sûr. Puisque nous sommes tous les deux seuls, je pourrais peut-être venir te rejoindre dans ton lit ? »

Tom rouvrit les yeux. « Voilà une idée géniale. » Un sourire se dessina sur ses lèvres. Et il se rendormit.

Pendant un long moment Catherine resta la tête posée sur le lit. Elle se redressa en entendant l'infirmière qui revenait sur la pointe des pieds. « Il se remet étonnamment vite, n'est-ce pas ? » dit-elle pendant que l'infirmière s'emparait du pouls de Tom.

Elle savait que, dans son demi-sommeil, Tom l'entendrait. Puis, après un dernier coup d'œil à son mari, elle sortit rapidement de la chambre, parcourut le couloir jusqu'à l'ascenseur et franchit le hall d'entrée pour retrouver la voiture de police.

Le policier en civil répondit de lui-même à sa question muette : « Pas de nouvelles jusqu'à présent, madame. »

5

« J'ai dit : donne-le-moi », ordonna Jimmy d'un ton menaçant. Cally tenta de faire front. « Je ne sais même pas de quoi parle ce gosse, Jimmy.

— Si, vous le savez, protesta Brian. Je vous ai vue ramasser le portefeuille de ma maman. Et je vous ai suivie parce que je dois le reprendre.

— En voilà un petit futé, ricana Siddons. Et qui ne laisserait pas échapper un dollar. » Sa physionomie devint inquiétante : « Ne me force pas à te le prendre, Cally. »

Inutile de prétendre maintenant qu'elle ne l'avait pas. Jimmy savait que le gamin disait la vérité. Cally avait encore son manteau sur elle. Elle fouilla dans sa poche et en sortit l'élégant portefeuille de maroquin. Sans un mot, elle le tendit à son frère.

« Il est à ma maman », dit Brian d'un air de défi. Le regard que l'homme lui lança le fit frissonner. Il avait été tenté de s'emparer du portefeuille ; mais, soudain apeuré, il enfonça ses mains dans ses poches.

Jimmy Siddons ouvrit le portefeuille. « Merde alors ! s'exclama-t-il d'un ton maintenant admiratif. Cally, tu m'étonnes. Tu es drôlement plus douée que certains des pickpockets de ma connaissance.

— Je ne l'ai pas volé, protesta vigoureusement Cally. Quelqu'un l'a laissé tomber et je l'ai trouvé. J'allais le renvoyer par la poste.

— Très bien, tu peux oublier tes bonnes intentions, dit Jimmy. Il m'appartient maintenant, ça tombe à pic. »

Il en tira une épaisse liasse de billets et se mit à les compter. « Trois billets de cent dollars, quatre de cinquante, six de vingt, quatre de dix, cinq de cinq, trois de un dollar. Six cent quatre-vingt-huit dollars. C'est pas si mal. A vrai dire, ça fera l'affaire. »

Il fourra l'argent dans la poche de la veste en daim qu'il venait de prendre dans la penderie de la chambre, et examina tous les compartiments du portefeuille. « Des cartes de crédit. Pourquoi pas ? Un permis de conduire — non, deux : Catherine Dornan et le Dr Thomas Dornan. Qui est le Dr Thomas Dornan, bonhomme ?

— C'est mon papa. Il est à l'hôpital. » Brian ne le quittait pas des yeux tandis qu'il découvrait la médaille dans la dernière poche.

Jimmy Siddons la sortit, la tenant par sa chaîne, puis il éclata d'un rire incrédule. « Saint Christophe ! Je n'ai pas mis les pieds dans une église depuis des lustres, mais même moi je sais qu'ils l'ont viré il y a des années. Et quand je pense à toutes ces histoires que grand-mère nous racontait, comment il avait porté le Christ sur ses épaules à travers une rivière ou je ne sais plus quoi ! Tu te souviens, Cally ? » Avec mépris, il lâcha la médaille qui atterrit avec un bruit métallique sur le sol.

Brian se baissa rapidement pour la ramasser. Il la tint dans le creux de sa main puis la passa autour de son cou. « Mon grand-père l'a portée pendant toute la guerre et il est revenu sain et sauf. Elle va aider mon papa à guérir. Le portefeuille, ça m'est égal. Vous pouvez le garder. C'est seulement la médaille que je voulais. Maintenant, je vais rentrer à la maison. » Il se retourna et courut vers la porte. Il avait la main sur la poignée quand Siddons le rattrapa, lui plaquant une main sur la bouche, et le ramena brutalement à l'intérieur.

« Saint Christophe et toi vous allez rester ici avec moi, mon petit bonhomme », dit-il en le poussant brutalement à terre.

Brian étouffa un cri lorsque son front heurta le linoléum craquelé. Il se redressa lentement, se frottant la tête. Il eut l'impression que la pièce se mettait à tourner, et il entendit la femme qui s'interposait : « Je t'en prie, Jimmy, ne lui fais pas de mal. S'il te plaît. Laisse-nous tranquilles. Prends l'argent et pars. Pour l'amour du ciel, va-t'en d'ici. »

Brian serra ses bras autour de ses genoux, s'efforçant de ne pas pleurer. Il n'aurait pas dû suivre la dame. Il s'en rendait compte à présent. Il aurait dû crier pendant qu'il la suivait, quelqu'un l'aurait peut-être arrêtée. Cet homme était méchant. Il ne voulait pas le laisser rentrer à la maison. Et personne ne savait où il était. Personne ne savait où le trouver.

Il sentit la médaille contre sa poitrine et il referma le poing sur elle. Je t'en prie, ramène-moi à ma maman, pria-t-il silencieusement, pour que je puisse te donner à mon papa.

La tête baissée, il ne vit pas le regard de Jimmy Siddons posé sur lui. Il ne se doutait pas que Jimmy réfléchissait à toute vitesse, évaluant la situation. Le gamin avait suivi Cally après qu'elle eut pris le portefeuille. Quelqu'un s'en était-il rendu compte ? Non. Sinon, les flics se seraient déjà manifestés. « Où as-tu trouvé le portefeuille ? demanda-t-il à sa sœur.

— Cinquième Avenue. En face du Rockefeller Center. » Cally était terrifiée maintenant. Rien n'arrêterait Jimmy. Il la tuerait. Il irait même jusqu'à tuer l'enfant. « Sa mère l'a probablement laissé tomber. Je l'ai ramassé sur le trottoir. Le gosse a dû me voir.

— Sans doute. » Jimmy tourna la tête vers le téléphone posé sur la table à côté du canapé. Puis, avec un rictus, il saisit l'appareil portable qu'il avait pris dans la boîte à gants de la voiture volée. Il sortit aussi un revolver et le pointa sur Cally. « Les flics t'ont peut-être mise sur écoute. » Il désigna la table près du canapé : « Mets-toi là. Je vais composer ton numéro et te dire que je me rends, que je veux que tu préviennes l'avocat commis d'office qui me défend. Tout ce que tu as à faire, c'est te comporter gentiment et prendre l'air inquiet, exactement comme maintenant. Une erreur, et toi et le gamin vous êtes morts. »

Il baissa les yeux vers Brian : « Pousse un seul piaulement et... » Il ne précisa pas sa menace.

Brian hocha la tête pour montrer qu'il avait compris. Il avait tellement peur qu'il n'osait même pas promettre de garder le silence.

« Cally, tu as bien compris ? »

Cally fit signe que oui. Quelle idiote j'ai été, pensa-t-elle. J'ai été assez stupide pour croire qu'il avait perdu ma trace. Tu parles. Il connaît même mon numéro de téléphone.

Il finit de composer le numéro et l'appareil se mit à sonner près de Cally. « Allô. » Elle parlait d'une voix basse et assourdie.

« Cally, c'est Jimmy. Ecoute, j'ai des ennuis. Tu es sans doute au courant maintenant. Jamais je n'aurais dû tenter de m'évader. J'espère que le gardien va s'en tirer. Je suis fauché et j'ai la trouille. » Jimmy prit un ton gémissant. « Appelle Gil Weinstein. C'est l'avocat qui a été commis d'office. Dis-lui que je le retrouverai à la cathédrale St. Patrick à la sortie de la messe de minuit. Dis-lui que je veux me rendre et que je veux qu'il soit présent. Son téléphone personnel est le 555-0267. Cally, je regrette d'avoir tout foutu en l'air. »

Jimmy appuya sur le bouton d'arrêt du téléphone cellulaire et regarda Cally raccrocher à son tour. « On ne peut pas retrouver l'origine d'un appel fait à partir d'un téléphone portable ; tu le sais, j'imagine. Bon, maintenant, appelle Weinstein et raconte-lui la même salade. Si les flics ont écouté, ils doivent sauter de joie en ce moment.

— Jimmy, ils vont croire que je... »

En deux enjambées, Jimmy fut près d'elle, le revolver braqué sur sa tempe. « Téléphone.

— L'avocat n'est peut-être pas chez lui. Il peut refuser de te rencontrer.

— Non. Je le connais. C'est un crétin. Il sera ravi de la publicité. Appelle-le. »

Cally n'eut pas besoin qu'il répète son ordre. Dès que Gil Weinstein fut en ligne, elle lâcha d'une traite : « Vous ne me connaissez pas, je m'appelle Cally Hunter. Mon frère Jimmy Siddons vient de m'appeler. Il veut que je vous dise... » D'une voix tremblante elle lui transmit le message.

« Je serai au rendez-vous, dit l'avocat. Je suis heureux qu'il ait pris cette décision, mais si ce gardien de prison meurt, Jimmy risque la peine de mort. Il pourrait s'en tirer avec une condamnation à vie pour le premier meurtre, mais cette fois-ci... » Sa voix s'éteignit.

« Je pense qu'il le sait. » Cally vit le geste que faisait Jimmy. « Il faut que je vous quitte. Au revoir, maître.

— Tu fais une excellente complice, grande sœur », dit Jimmy. Il baissa les yeux vers Brian. « Comment t'appelles-tu, bonhomme ?

— Brian.

— Eh bien, allons-y, Brian. Nous nous tirons d'ici.

— Jimmy, laisse-le. Je t'en prie. Laisse-le ici avec moi.

— Pas question. Qui me dit que tu ne vas pas te précipiter chez les flics, même si tu risques gros dès la minute où ils parleront au môme ? Après tout, c'est toi qui as volé le portefeuille de sa mère. Non, le gamin m'accompagne. Personne ne recherche un type avec son petit garçon, n'est-ce pas ? Je le relâcherai demain matin, quand je serai arrivé à destination. Ensuite, tu pourras leur raconter ce que tu veux. Le gosse pourra même confirmer tes dires, hein, bonhomme ? »

Brian se pressa contre Cally. Il avait si peur de cet homme qu'il tremblait de la tête aux pieds. Allait-il l'obliger à partir avec lui ?

« Jimmy, laisse-le ici. S'il te plaît. » Elle poussa Brian derrière elle.

La bouche de Jimmy Siddons se tordit de fureur. Il saisit sa sœur par le bras et, l'attirant brutalement vers lui, le lui tordit méchamment dans le dos.

Elle poussa un cri, lâcha Brian et s'affaissa sur le sol.

Avec une lueur dans les yeux qui démentait le moindre reste d'affection entre eux, Jimmy la contempla de toute sa hauteur. Il appuya à nouveau le canon de son revolver contre sa tête. « Si tu ne fais pas ce que je te dis, tu vas déguster. Ni toi ni personne au monde ne m'enverrez à la chambre d'exécution. En plus, ma nana m'attend. Et pour commencer tu vas la boucler. Je vais même te faire une proposition. Tu la fermes et le gosse a la vie sauve. Mais si les flics s'avisent de m'approcher, je lui mets une balle dans la tête. C'est aussi simple que ça. Tu as pigé ? »

Il glissa son arme dans sa veste, puis se pencha et remit brusquement Brian sur ses pieds. « Toi et moi on va être bons copains, mon gars, dit-il. De vrais bons copains. » Il ricana. « Joyeux Noël, Cally. »

6

La camionnette anonyme qui stationnait en face de l'immeuble de Cally servait de poste de surveillance aux policiers, à l'affût du moindre indice signalant la présence de Jimmy Siddons dans les parages. Ils avaient seulement vu Cally rentrer chez elle un peu plus tard que son heure habituelle. Jack Shore, l'inspecteur qui avait rendu visite à Cally le matin même, ôta ses écouteurs, jura en silence et se tourna vers son coéquipier. « Qu'en penses-tu, Mort ? Non, attends. Je vais te dire ce que j'en pense, moi. C'est une ruse. Il cherche à gagner du temps pour filer le plus loin possible de New York pendant que nous nous pointerons à St. Patrick dans l'espoir de l'épingler. »

Mort Levy, de vingt ans plus jeune que Shore et beaucoup moins cynique, se frotta le menton, signe chez lui d'une profonde réflexion. « Si c'est une ruse, je ne crois pas que la sœur soit complice de son plein gré. Pas besoin d'un compteur pour mesurer le niveau de stress de sa voix.

— Ecoute, Mort, tu étais à l'enterrement de Bill Grasso. Trente ans et quatre mômes, tué d'une balle entre les deux yeux par ce salaud de Siddons. Si Cally Hunter s'était mise à table et nous avait dit qu'elle avait refilé à son pourri de frère du fric et les clés de sa voiture, Grasso aurait su ce qu'il risquait en l'arrêtant pour avoir brûlé un feu rouge.

— Je reste quand même persuadé que Cally avait cru les bobards de son frère. Tu te souviens ? Il lui avait raconté qu'il essayait de se sauver parce qu'il avait participé à un règlement de comptes entre gangs et que l'autre bande était à ses trousses. A mon avis, elle ignorait qu'il avait blessé un employé du magasin de spiritueux. Jusqu'à ce jour, il n'avait été mêlé à rien de vraiment sérieux.

— Tu veux dire qu'il avait eu assez de bol pour s'en tirer, rétorqua Shore. Dommage que le juge n'ait pas condamné Cally pour complicité de meurtre, et non pour avoir apporté son aide à un évadé. Elle est sortie de taule au bout de quinze mois seulement. Ce soir, la veuve de Bill Grasso est seule pour décorer l'arbre de Noël. »

La colère empourpra son visage. « Je rentre. Au cas où cette ordure aurait vraiment l'intention de faire ce qu'elle a annoncé, nous sommes bien obligés de surveiller la cathédrale. Tu sais combien de gens assistent à la messe de minuit ce soir ? Devine. »

Cally était assise sur le canapé de velours élimé, les mains serrées autour de ses genoux, la tête courbée, les yeux clos. Elle tremblait de tout son corps. Elle avait dépassé le stade des larmes et de l'épuisement. Dieu tout-puissant, pourquoi avez-vous permis tout ça ?

Que faire ?

S'il arrivait malheur à Brian, elle en serait responsable. Elle avait pris le portefeuille de sa mère, et c'était pour cette raison qu'il l'avait suivie. Si l'enfant avait dit vrai, son père était très malade. Elle pensa à l'élégante jeune femme en manteau rose, dont elle avait envié l'existence.

Jimmy allait-il relâcher l'enfant lorsqu'il serait parvenu à destination ? Comment le pourrait-il ? réfléchit-elle. Où qu'il aille, la police se mettrait à ratisser la région à sa recherche. Et s'il le laisse partir, se dit-elle, l'enfant racontera qu'il m'a suivie parce que j'ai pris le portefeuille.

Mais Jimmy avait dit qu'il tuerait le gosse si les flics s'approchaient de lui. Et il ne bluffait pas, elle le savait. Si je préviens maintenant la police, Brian n'a aucune chance, conclut-elle.

Et si je me tais et que Jimmy le relâche, je pourrai alors prétendre en toute honnêteté que je n'ai rien dit parce qu'il menaçait de tuer l'enfant à la vue du premier flic s'approchant de lui, et que je l'en croyais capable. Et je l'en sais capable, c'est bien le pire.

Le visage de Brian lui revint en mémoire. Ses cheveux châtains aux reflets roux lui retombant sur le front, ses grands yeux bleus intelligents, les taches de rousseur qui lui criblaient le nez et les joues. En le voyant apparaître dans la pièce, tiré par Jimmy, elle ne lui avait pas donné plus de cinq ans, mais à sa façon de s'exprimer, elle aurait juré qu'il était plus âgé. Elle n'oublierait jamais son air terrorisé au moment où Jimmy l'avait entraîné avec lui par la fenêtre pour grimper sur l'escalier de secours. Il s'était retourné pour la regarder, les yeux implorants.

Le téléphone sonna. C'était Aika, l'adorable nounou noire qui gardait Gigi en même temps que ses propres petits-enfants tous les après-midi après la fermeture du jardin d'enfants.

« Je voulais seulement savoir si tu étais rentrée, Cally, dit Aika, de sa voix chaude et réconfortante. As-tu retrouvé le marchand de poupées ?

— Malheureusement non.

— Dommage. As-tu besoin de plus de temps pour faire tes courses ?

— Non, j'arrive tout de suite.

— Ce n'est pas la peine. Gigi a déjà dîné avec nous. J'ai besoin de lait pour le petit déjeuner et je dois sortir de toute façon. Je la déposerai chez toi dans une demi-heure environ.

— Merci, Aika. » Cally reposa le récepteur, et s'aperçut seulement qu'elle avait encore son manteau sur le dos et que l'appartement était plongé dans le noir, à l'exception de la lumière de l'entrée. Elle ôta son manteau, alla dans la chambre, ouvrit la penderie et eut un sursaut. En prenant la veste de daim et le pantalon marron de Frank, Jimmy avait abandonné ses autres vêtements, qui gisaient en tas sur le sol — une veste, un pantalon et un imperméable crasseux.

Elle se pencha et ramassa la veste. L'inspecteur Shore lui avait dit que Jimmy avait tué un gardien de prison et l'avait dépouillé de son uniforme. Visiblement, c'était là l'uniforme — des trous de balles se voyaient dans la veste.

Affolée, Cally enveloppa la veste et le pantalon dans le vieux manteau. Si jamais les flics arrivaient avec un mandat de perquisition ! Jamais ils ne croiraient que Jimmy s'était introduit de force dans son appartement. Elle retournerait en prison. Et elle perdrait Gigi à jamais ! Mon Dieu, que faire ?

Elle regarda dans la penderie, cherchant désespérément une solution. Le grand carton sur l'étagère du haut ! Elle y rangeait ses vêtements d'été et ceux de Gigi. Elle le descendit d'un geste rapide, l'ouvrit et en retira le contenu qu'elle plaça sur l'étagère. Elle plia l'uniforme et le manteau, les déposa dans le carton, le referma, fouilla sous le lit et en extirpa les emballages de Noël qu'elle conservait soigneusement.

Les doigts tremblants, elle enveloppa le carton dans une feuille de papier-cadeau et noua le tout d'un ruban. Puis elle le porta dans la pièce de séjour, au pied du sapin. Elle venait juste de terminer lorsque la sonnette de l'interphone retentit. Lissant rapidement ses cheveux, se forçant à sourire pour accueillir Gigi, elle alla ouvrir.

C'était l'inspecteur Shore et l'autre homme qui l'accompagnait ce matin. « J'espère que tu ne te fiches pas de nous une seconde fois, Cally, fit Shore. Ça vaudrait mieux pour toi. »

7

Recroquevillé sur le siège du passager, Brian regardait Jimmy Siddons remonter l'East River Drive. Il n'avait jamais eu aussi peur de sa vie. Il avait cru mourir de frayeur en gravissant l'escalier de secours pour monter sur le toit. Puis l'homme l'avait pratiquement traîné d'un toit à l'autre sur toute la longueur de la rue, pour finir par redescendre, par un immeuble vide, dans la rue où était garée la voiture.

L'homme y avait poussé Brian, attachant sa ceinture. « Et n'oublie pas de m'appeler papa si quelqu'un nous arrête », l'avait-il averti.

Brian savait qu'il s'appelait Jimmy. C'était le nom que lui avait donné la femme. Elle avait paru sincèrement inquiète pour lui, Brian. Lorsque Jimmy lui avait fait franchir la fenêtre, elle s'était mise à pleurer, et Brian avait bien vu qu'elle avait peur pour lui. Elle connaissait le nom de ses parents. Peut-être allait-elle appeler la police. Dans ce cas, est-ce qu'ils viendraient le chercher ? Mais Jimmy avait juré de le tuer si jamais les flics s'approchaient. Le ferait-il ?

Brian se renfonça plus profondément dans

son siège. Il avait peur et faim. Et il avait envie de faire pipi, mais il n'osait pas demander. Son seul réconfort était la médaille, qui reposait sur sa poitrine par-dessus son anorak. La médaille qui avait ramené son grand-père de la guerre. Elle aiderait papa à guérir. Et elle l'aiderait à rentrer à la maison sain et sauf. Il en était certain.

Jimmy Siddons jeta un coup d'œil à son petit otage. Pour la première fois depuis son évasion, il commençait à se détendre. Il neigeait encore, mais si cela n'empirait pas, il n'y avait pas de quoi s'inquiéter. Cally ne préviendrait pas les flics. Il en mettrait sa main au feu. Elle le connaissait suffisamment pour le croire quand il menaçait de tuer le gosse si on tentait de l'arrêter.

Je n'ai pas l'intention de moisir en prison le restant de mes jours, pensa-t-il, et je ne vais pas non plus leur donner le plaisir de m'injecter leur foutu poison. Il faut que ça passe ou que ça casse. Mais ça *passera*.

Il eut un sourire sardonique. Ils avaient probablement diffusé un avis de recherche général le concernant et tous les ponts et tunnels aux sorties de New York étaient sûrement surveillés. Mais ils n'avaient aucune idée de la direction qu'il prenait et ils ne cherchaient certainement pas un père et son fils voyageant à bord d'une voiture dont le vol n'avait pas encore été signalé.

Il avait retiré de la malle tous les cadeaux que le couple y avait entassés. Ils s'empilaient à présent sur le siège arrière, prometteurs d'un joyeux réveillon. Ces présents, ajoutés à l'enfant près de lui, garantissaient que, même s'ils avaient été alertés du passage éventuel d'un fugitif, les contrôleurs des péages le laisseraient filer sans s'intéresser à lui.

Et, dans huit ou neuf heures, il aurait franchi la frontière et serait au Canada, où Paige l'attendrait. Et là, il trouverait un joli lac bien profond qui serait la destination finale de la voiture et de tous les beaux cadeaux entassés sur la banquette.

Et de ce gosse avec sa médaille de saint Christophe.

La puissante machine des services centraux de la police de New York s'était mise méthodiquement en marche. Divers plans avaient été établis pour s'assurer que Jimmy Siddons ne leur glisserait pas entre les doigts, si par hasard il paniquait et décidait de ne pas se livrer à la police après la messe de minuit.

Dès qu'ils eurent intercepté les communications de Jimmy avec Cally et de celle-ci avec l'avocat, Jack Shore fit connaître à ses supérieurs son opinion concernant la « décision » de Siddons de se rendre : « C'est une arnaque totale. Nous allons immobiliser deux cents hommes jusqu'à une heure et demie ou deux heures du matin, et il sera déjà à mi-chemin du Canada ou du Mexique quand nous nous rendrons compte qu'il s'est payé notre tête. »

Le directeur adjoint de la police responsable de cette chasse à l'homme avait alors répondu sèchement : « OK, Jack, nous connaissons votre position. Maintenant, mettons-nous au travail.

Aucun signe de sa présence dans le quartier de sa sœur ?

— Non, monsieur », avait répondu Jack Shore avant de raccrocher, et il était parti avec son coéquipier rendre à nouveau visite à Cally.

De retour dans leur camionnette, Shore avait contacté le quartier général. « Nous sommes retournés à l'appartement de Cally Hunter, monsieur. Elle sait ce qu'elle risque si elle apporte la moindre aide à son frère. La nounou a ramené sa gosse au moment où nous partions, et je suppose que Cally ne bougera pas de la nuit. »

Mort Levy fronçait les sourcils tout en écoutant la conversation de son coéquipier avec leur chef. Quelque chose lui avait paru changé dans l'appartement par rapport à ce matin, mais quoi ? Mentalement, il passa en revue la disposition des pièces : la petite entrée sur laquelle s'ouvrait directement la salle de bains, l'étroit séjour-cuisine, la chambre de la dimension d'une cellule, à peine assez grande pour contenir le lit d'une personne, le lit d'enfant et la commode à trois tiroirs.

Jack avait demandé à Cally si elle ne voyait pas d'inconvénient à ce qu'ils fassent une seconde inspection et elle avait répondu par un signe d'assentiment. Comment quelqu'un aurait-il pu se cacher dans cet appartement ? Ils avaient ouvert la porte de la salle de bains, regardé dans la penderie, sous les lits. Un sentiment de pitié avait envahi Levy malgré lui devant les efforts de Cally Hunter pour égayer un peu son triste logement. Les murs étaient peints en jaune vif. Des coussins fleuris étaient disposés çà et là sur le vieux canapé. L'arbre de Noël trônait au milieu, vaillamment décoré de mètres de cheveux d'ange et de guirlandes électriques rouges et vertes, avec quelques petits paquets multicolores disposés à son pied.

Des cadeaux ? Pourquoi ce mot éveillait-il quelque chose dans le subconscient de Mort ? Il y réfléchit un moment, puis secoua la tête. Oublions ça.

Il aurait voulu que Jack ne malmène pas Cally. Il était visible qu'il la terrifiait. Mort n'avait pas suivi son procès, deux ans plus tôt, mais d'après ce qu'il en avait retenu, il était convaincu que Cally avait réellement cru à l'histoire de son redoutable frère et d'un règlement de comptes entre gangs, qui lui valait d'avoir ses rivaux à ses trousses.

Qu'est-ce qui me turlupine dans cet appartement ? Qu'y a-t-il de changé ?

Ils quittaient normalement leur service à huit heures, mais ce soir, Jack et lui devaient se rendre au quartier général. Ainsi que des douzaines de leurs collègues, ils feraient des heures supplémentaires jusqu'à la sortie de la messe de minuit de St. Patrick. Au cas où Siddons se montrerait comme il l'avait annoncé. Levy savait que Shore aurait tout donné pour l'arrêter personnellement. « Je pourrais reconnaître ce salaud même s'il était déguisé en bonne sœur », ne cessait-il de répéter.

Un petit coup frappé à la porte arrière de la camionnette les prévint de l'arrivée de leurs remplaçants. Au moment où Mort se levait, s'étirait et mettait le pied sur le trottoir, il se félicita d'avoir glissé une carte dans la main de

Cally avant de quitter son appartement. « Si vous désirez parler à quelqu'un, madame Hunter, avait-il murmuré, voici un numéro où vous pourrez me joindre. »

8

La foule s'était dispersée dans la Cinquième Avenue, bien qu'il restât quelques badauds attroupés autour de l'arbre du Rockefeller Center. D'autres faisaient encore la queue pour admirer les vitrines de Saks et un flot constant de gens entrait et sortait de St. Patrick.

Mais lorsque la voiture qui la transportait se rangea derrière celle où attendaient l'agent Ortiz et Michael, Catherine constata que la plupart des acheteurs de dernière minute étaient maintenant partis.

Ils sont en train de rentrer chez eux, pensa-t-elle, et s'apprêtent à faire un dernier paquet-cadeau, jurant de ne plus jamais affronter la bousculade dans les magasins la veille de Noël.

Tout à la dernière minute. Elle s'y prenait toujours ainsi, jusqu'au jour, douze ans auparavant, où un interne, le Dr Thomas Dornan, était entré dans le service administratif de l'hôpital St. Vincent, s'était dirigé vers son bureau et avait dit : « Vous êtes nouvelle ici, n'est-ce pas ? »

Tom, si décontracté mais parfaitement organisé. Si les rôles avaient été inversés, Tom n'aurait pas laissé tous ses papiers et son argent dans ce gros portefeuille. Il ne l'aurait pas remis négligemment dans sa poche, au risque que quelqu'un le subtilise ou qu'il tombe par terre.

C'était cette pensée qui torturait Catherine tandis qu'elle ouvrait la portière et franchissait, à travers la neige tourbillonnante, les quelques pas qui la séparaient de la voiture de police. Brian ne serait jamais parti de son propre chef, elle en était convaincue. Il était tellement impatient de voir Tom. Il n'avait même pas voulu prendre le temps de regarder le sapin de Noël du Rockefeller Center. Il s'était sans doute senti chargé d'une sorte de mission. C'était ça. A moins que quelqu'un ne l'ait kidnappé — ce qui semblait improbable —, il avait dû remarquer la personne qui avait pris ou ramassé le portefeuille et la suivre.

Assis à l'avant à côté de l'agent Ortiz, Michael buvait un soda. Un sac de papier brun avec des traces de ketchup était posé sur le plancher à ses pieds. Catherine se glissa à côté de lui sur la banquette et lui passa la main dans les cheveux.

« Comment va papa ? demanda-t-il anxieusement. Tu ne lui as rien dit au sujet de Brian, n'est-ce pas ?

— Non, bien sûr que non. Je suis certaine que nous allons bientôt retrouver ton frère, c'était inutile d'inquiéter ton papa sans raison. Il se rétablit à toute vitesse. J'ai vu le Dr Crowley. Il ne s'en fait pas du tout pour lui. » Elle regarda l'agent Ortiz par-dessus la tête de Michael : « Presque deux heures se sont écoulées », dit-elle doucement.

Il hocha la tête. « La description de Brian

continuera d'être diffusée toutes les heures à tous les policiers du secteur, madame Dornan. Michael et moi avons eu une conversation. Il est sûr que Brian ne serait jamais parti délibérément à l'aventure.

— Il a raison. Ce n'est pas son genre.

— Avez-vous parlé aux gens qui vous entouraient lorsque vous vous êtes aperçue de sa disparition ?

— Oui.

— Et personne n'a remarqué un enfant entraîné de force par quelqu'un ?

— Non. Les gens se souviennent de l'avoir remarqué, puis ils ne l'ont plus vu.

— Franchement, je ne connais aucun détraqué capable d'enlever un enfant à proximité immédiate de sa mère et qui disparaîtrait ensuite au milieu d'une foule compacte. Mais Michael pense que Brian a pu voir quelqu'un ramasser votre portefeuille et se lancer à sa poursuite. »

Catherine acquiesça : « J'ai pensé la même chose. C'est la seule explication qui ait un sens.

— Michael m'a raconté que l'an dernier Brian s'en est pris à un gosse de huitième qui avait bousculé un de ses camarades.

— C'est un petit garçon courageux », dit Catherine. Puis l'implication de ce que venait de dire le policier lui apparut. *Il pense que si Brian a suivi la personne qui a volé mon portefeuille, il peut l'avoir affrontée.* Oh, Dieu du ciel, non !

« Madame Dornan, à condition que vous soyez d'accord, je pense qu'il serait utile de demander la coopération des médias. Si vous aviez une photo de Brian, nous pourrions la faire diffuser sur les chaînes locales de télévision.

— La seule que j'avais sur moi se trouve dans mon portefeuille », dit Catherine d'une voix sans timbre. Des images de Brian affrontant un voleur traversèrent son esprit. Mon petit garçon, qui pourrait faire du mal à mon petit garçon ?

Que disait Michael ? Il parlait à l'inspecteur Ortiz.

« Ma grand-mère a plein de photos de nous », lui expliquait-il. Puis il se tourna vers sa mère : « De toute façon, maman, il faut que tu téléphones à Granny. Elle va commencer à s'inquiéter en ne nous voyant pas rentrer. »

Tel père, tel fils, pensa Catherine. Brian ressemble physiquement à Tom. Michael réfléchit comme lui. Elle ferma les yeux, s'efforçant de contenir la vague de panique qui l'assaillait. Tom, Brian, pourquoi ?

Elle sentit la main de Michael qui fouillait dans son sac. Il en retira le téléphone cellulaire. « Je vais composer le numéro de Granny », lui dit-il.

9

Dans son appartement de la 87ᵉ Rue, Barbara Cavanaugh s'agrippait au téléphone. Elle ne voulait pas croire ce que lui disait sa fille. Pourtant, la terrible nouvelle que venait de lui annoncer Cathcrine d'une voix douce et presque dénuée d'émotion ne pouvait être mise en doute. Brian avait disparu, et cela depuis plus de deux heures.

Barbara parvint à garder un ton calme. « Où es-tu, chérie ?

— Michael et moi sommes dans une voiture de police au coin de la 49ᵉ et de la Cinquième Avenue. C'est là que nous nous trouvions lorsque Brian... lorsque je ne l'ai plus vu à côté de moi.

— J'arrive tout de suite.

— Maman, s'il te plaît, apporte-moi les photos les plus récentes que tu as de Brian. La police veut les diffuser aux médias. Et ils m'ont demandé de lancer un appel à la radio dans quelques minutes. Et aussi, peux-tu appeler le bureau des infirmières au cinquième étage de l'hôpital. Dis-leur de s'assurer que Tom n'est pas autorisé à regarder la télévision dans sa chambre. Il n'a pas de radio. Si jamais il découvrait que Brian a disparu... » Sa voix s'étrangla.

« Je les appelle tout de suite. Mais, Catherine, je n'ai pas de photos récentes ici, s'écria Barbara. Toutes celles que nous avons prises l'été dernier sont à Nantucket. » Puis elle se mordit les lèvres. Elle avait souvent réclamé de nouvelles photos des enfants. Et hier, Catherine lui avait avoué que, dans la précipitation du départ de Tom pour l'hôpital, elle avait oublié de lui apporter son cadeau de Noël, des portraits sous verre des deux garçons.

« Je vais voir ce que je peux trouver, dit-elle vivement. Je pars à l'instant. »

Après avoir transmis le message à l'hôpital, Barbara Cavanaugh resta un moment tassée dans son fauteuil, la tête dans les mains. C'est trop, se dit-elle, vraiment trop.

Avait-elle toujours été hantée par le pressentiment que tout était trop parfait pour durer éternellement ? Le père de Catherine était mort alors qu'elle avait dix ans, et une ombre de tristesse avait alors flotté dans le regard de sa fille, jusqu'à ce qu'elle rencontre Tom, à l'âge de vingt-deux ans. Ils étaient si heureux ensemble, si merveilleusement accordés. Comme Gene et elle-même l'avaient été, depuis le premier jour.

Un instant, elle revit cette journée de 1943 où, à dix-neuf ans, encore étudiante, elle avait été présentée à un bel et jeune officier de l'armée, le lieutenant Eugene Cavanaugh. Dès lors, ils avaient su qu'ils étaient faits l'un pour l'autre. Deux mois plus tard ils se mariaient, mais dix-huit ans s'étaient écoulés avant la naissance de leur unique enfant.

Avec Tom, Catherine a vécu la même relation harmonieuse que celle dont j'ai moi-même joui, songea Barbara, mais aujourd'hui... Elle se leva brusquement. Elle devait se rendre auprès de Catherine. Brian s'était sûrement égaré. Ils avaient dû se perdre de vue à un moment donné. Catherine était forte, mais elle devait être à bout maintenant. Oh, mon Dieu, faites que quelqu'un le retrouve, implora-t-elle.

Elle traversa précipitamment l'appartement, prit hâtivement les photos encadrées des enfants sur les cheminées et les tables. Elle s'était installée ici dix ans auparavant, après avoir habité Beekman Place. L'appartement était trop vaste pour elle, avec sa salle à manger, sa bibliothèque, et une partie réservée aux invités. Mais il lui permettait de recevoir confortablement Catherine, Tom et les garçons lorsqu'ils venaient à New York.

Barbara fourra les photos dans l'élégant sac de cuir que Tom et Catherine lui avaient offert pour son anniversaire, saisit au passage un manteau dans la penderie de l'entrée et, sans prendre la peine de fermer à double tour, se précipita dans le couloir et arriva juste à temps pour presser sur le bouton de l'ascenseur qui descendait du dernier étage.

Sam, le liftier, faisait partie du personnel depuis longtemps. Lorsqu'il lui ouvrit la porte, son sourire se teinta d'inquiétude. « Bonsoir, madame Cavanaugh. Joyeux Noël. Des nouvelles de M. Dornan ? »

Incapable d'ouvrir la bouche, Barbara secoua la tête.

« Vos petits-enfants sont si mignons. Le plus

petit, Brian, m'a dit que vous aviez donné à sa maman quelque chose qui aiderait son papa à guérir. Je suis sûr que ça marchera. »

Barbara voulut dire « Moi aussi », mais ses lèvres refusèrent de former même ces deux mots.

« Maman, pourquoi es-tu triste ? demanda Gigi en grimpant sur les genoux de Cally.

— Je ne suis pas triste, Gigi, répondit Cally. Je suis toujours heureuse lorsque je suis avec toi. »

Gigi secoua la tête. Elle était vêtue d'une chemise de nuit rouge et blanche, parsemée d'anges tenant des bougies. Ses grands yeux bruns et ses boucles dorées lui venaient de Frank. Plus elle grandit, plus elle lui ressemble, songea Cally, serrant instinctivement l'enfant plus fort dans ses bras.

Elles étaient toutes les deux blotties sur le canapé en face de l'arbre. « Je suis contente que tu sois à la maison avec moi, maman », dit Gigi, puis sa voix s'emplit de crainte. « Tu ne me laisseras plus jamais, hein ?

— Non. Je ne voulais pas te laisser la dernière fois, ma chérie.

— J'aimais pas aller te voir dans cet endroit. »

Cet endroit. La maison d'arrêt de Bedford.

« Je n'aimais pas tellement y être. » Cally s'efforçait de paraître détachée.

« Les enfants devraient toujours rester avec leurs mamans.

— Oui. C'est aussi mon avis.

— Maman, est-ce que ce gros paquet est pour moi ? » Gigi désignait du doigt le carton qui contenait l'uniforme et le manteau abandonnés par Jimmy.

Cally sentit sa bouche se dessécher. « Non, chérie, c'est un cadeau pour le Père Noël. Lui aussi, il aime trouver quelque chose sous l'arbre. Allons, au lit maintenant. C'est l'heure de dormir. »

Gigi commença automatiquement : « Je ne veux pas... » puis s'arrêta. « Est-ce que le Père Noël arrivera plus vite si je vais me coucher tout de suite ?

— Hum-mmm. Viens, je vais te porter. »

Gigi bordée et munie de son « doudou », la couverture effrangée dont elle ne pouvait se passer pour s'endormir, Cally retourna dans la pièce de séjour et se laissa tomber dans le canapé.

Les enfants devraient toujours rester avec leurs mamans... Ces paroles de Gigi la poursuivaient. Dieu du ciel, où Jimmy avait-il emmené ce petit garçon ? Qu'allait-il lui faire ? Et elle, que devait-elle faire ?

Cally contempla le carton avec son emballage de papier décoré de sucres d'orge. *C'est pour le Père Noël.* Le souvenir précis de son contenu traversa son esprit. L'uniforme du gardien sur lequel Jimmy avait tiré, le côté et la manche encore poisseux de sang. Le manteau crasseux — Dieu seul savait où il avait pu dénicher ou voler cette guenille.

Jimmy était foncièrement mauvais. Il n'avait aucune conscience, aucune pitié. Ne te leurre pas, se dit Cally farouchement — il n'hésitera pas à tuer ce petit garçon pour s'en sortir, s'il le faut.

Elle alluma la radio pour écouter le bulletin d'informations. Il était sept heures et demie. Le gardien qui avait été blessé à Riker's Island se trouvait toujours dans un état grave, mais maintenant stationnaire. Les médecins laissaient entendre avec les précautions d'usage qu'il avait de bonnes chances de s'en sortir.

S'il survit, Jimmy n'encourra pas la peine de mort, se dit Cally. Ils ne peuvent l'exécuter aujourd'hui pour la mort de ce flic il y a trois ans. Il n'est pas stupide. Sachant que le gardien est sauf, il ne prendra pas le risque de tuer le petit garçon. Il le laissera partir.

Le présentateur disait : « Par ailleurs, nous apprenons la disparition en début de soirée du petit Brian Dornan, sept ans, alors qu'il se trouvait avec sa mère sur la Cinquième Avenue. Le père de Brian... »

Pétrifiée devant la radio, Cally écouta le journaliste donner une description précise de Brian, avant d'ajouter : « Sa mère est venue sur notre antenne vous demander à tous de l'aider. »

Au son de la voix basse, pressante de la mère de Brian, Cally se représenta la jeune femme qui avait laissé tomber son portefeuille. La trentaine tout au plus. Des cheveux mi-longs, bruns et brillants. Elle n'avait eu qu'une brève vision de son visage, mais Cally était certaine qu'elle était très jolie. Jolie, bien habillée, confiante dans la vie.

Maintenant, en l'entendant lancer son appel, Cally se boucha les oreilles et éteignit brusquement la radio. Elle alla sur la pointe des pieds jusqu'à la chambre. Gigi dormait déjà, le souffle léger et régulier, sa joue calée dans le creux de sa paume, l'autre main tenant son doudou contre son visage.

Cally s'agenouilla près d'elle. Il me suffit d'avancer la main pour la toucher, pensa-t-elle. Cette femme ne peut pas toucher son enfant. Que dois-je faire ? Si je préviens la police et que Jimmy fasse du mal à ce petit garçon, ils diront que c'est ma faute, tout comme ils ont dit il y a trois ans que le policier était mort à cause de moi.

Peut-être Jimmy l'abandonnera-t-il quelque part. Il a *promis* qu'il le ferait... Même Jimmy ne ferait pas de mal à un petit garçon, n'est-ce pas ? Je vais simplement attendre et prier.

Mais la prière qu'elle chuchota — « Pitié, mon Dieu, protégez Brian » — lui parut dérisoire, et elle ne continua pas.

Le mieux était de franchir le pont George-Washington en direction de la route 4, puis de prendre la 17 pour déboucher sur l'autoroute, le New York Thruway. Ainsi en avait décidé Jimmy. Le trajet était probablement un peu plus long qu'en traversant le Bronx pour atteindre le pont de Tappan Zee, mais son instinct lui disait de quitter New York sans traîner. C'était une chance qu'il n'y ait pas de péage à la sortie du pont George-Washington. Ils ne pourraient pas l'arrêter.

Brian regarda par la fenêtre pendant qu'ils roulaient sur le pont. Il savait qu'ils franchissaient l'Hudson. Maman avait des cousins dans le New Jersey, qui habitaient non loin de là. L'été précédent, lorsque Michael et lui avaient passé une semaine de plus avec Granny à leur retour de Nantucket, ils leur avaient rendu visite.

Ils étaient très gentils. Ils avaient des enfants, eux aussi, à peu près de son âge. Penser à eux lui donna envie de pleurer. Il aurait aimé ouvrir la fenêtre et crier : *Je suis ici, venez me chercher, s'il vous plaît !*

Il avait terriblement faim et il fallait absolument qu'il fasse pipi. « Je... Est-ce que je peux... Il faut que j'aille aux toilettes. » Maintenant qu'il l'avait dit, il avait tellement peur d'un refus de la part de l'homme que sa lèvre se mit à trembler. Il la mordit. Il imaginait Michael le traitant de poule mouillée. Mais même cette pensée le rendit triste. Il aurait bien aimé voir Michael en ce moment.

« Tu as besoin de faire pipi ? »

L'homme ne semblait pas trop en colère contre lui. Peut-être ne lui ferait-il pas de mal, après tout. « Hmmm-mm.

— Bon. Tu as faim ?

— Oui, monsieur. »

Jimmy commençait à se sentir en sécurité. Ils étaient sur la route 4. La circulation était dense mais fluide. Personne ne recherchait la voiture qu'il conduisait. Le type qui l'avait garée était probablement en robe de chambre en train de regarder *La vie est belle* à la télévision pour la quarantième fois. Demain matin, lorsque sa femme et lui se mettraient à hurler qu'on leur avait volé leur Toyota, Jimmy serait au Canada avec Paige. Il était vraiment fou d'elle. Dans sa vie, elle était sa seule certitude.

Jimmy ne voulait pas s'arrêter déjà pour manger. Par ailleurs, pour plus de prudence, mieux valait faire le plein maintenant. Les horaires des stations-service étaient parfois imprévisibles la veille de Noël.

« D'accord, dit-il, dans deux minutes nous allons prendre de l'essence, aller aux toilettes, et j'achèterai des sodas et des chips. Plus tard, nous nous arrêterons dans un McDonald's pour manger un hamburger. Mais fais gaffe à toi, si tu essaies d'attirer l'attention... » Il sortit le revolver de la poche de sa veste, le pointa vers Brian et imita le déclic. « Bang », fit-il.

Brian détourna les yeux. Ils roulaient sur la voie centrale de l'autoroute. Un panneau indiquait la sortie Forest Avenue. Une voiture de police vint à leur hauteur, puis tourna pour rejoindre le parking d'un restoroute. « Je ne parlerai à personne. C'est promis, parvint-il à dire.

— C'est promis, *papa* », le reprit sèchement Jimmy.

Papa. Involontairement, la main de Brian se referma sur la médaille. Il allait la donner à son papa qui guérirait. Puis son papa retrouverait ce type et lui casserait la figure pour avoir été si méchant avec son fils. Brian en était sûr. Ses doigts effleurèrent les contours de la haute silhouette qui portait le Christ sur ses épaules, et il dit d'une voix claire : « C'est promis, *papa.* »

10

Au One Police Plaza, le poste qui coordonnait les recherches concernant Jimmy Siddons, la tension grandissante était presque palpable. Tous savaient que, pour s'échapper, Siddons n'hésiterait pas à tuer encore une fois. Ils le savaient aussi en possession de l'arme qu'on lui avait fait passer de l'extérieur.

Armé et dangereux, lisait-on sur les avis de recherche distribués à travers toute la ville.

« La dernière fois, nous avons reçu deux mille tuyaux crevés, nous avons exploré chaque piste, et si nous avons pu le coffrer, c'est uniquement parce qu'il a été assez idiot pour braquer une station-service dans le Michigan alors qu'un policier se trouvait sur les lieux », maugréa Jack Shore à l'intention de Mort Levy, tout en regardant d'un air dégoûté une équipe de policiers répondre au flot d'appels qui se succédaient sur la ligne spéciale.

Levy hocha la tête d'un air pensif. « Pas d'autres informations sur la petite amie de Siddons ? » demanda-t-il à Shore.

Une heure plus tôt, l'un des prisonniers appartenant au même bloc pénitentiaire que Siddons avait dit à un garde que, le mois dernier, Siddons s'était vanté d'avoir pour petite amie une dénommée Paige, une strip-teaseuse soi-disant époustouflante.

Ils essayaient de retrouver sa trace à New York mais, pensant qu'elle aurait pu être avec Siddons dans le Michigan, Shore avait contacté les autorités de cet Etat.

« Non, rien jusqu'à présent. Probablement une nouvelle impasse.

— Un appel du Michigan pour vous, Jack », lança une voix forte au-dessus du vacarme ambiant. Les deux hommes se retournèrent sur-le-champ. En deux enjambées, Shore avait gagné son bureau et s'était emparé du téléphone.

Son interlocuteur alla droit au but : « Stan Logan, Jack. Nous nous sommes rencontrés lorsque vous êtes venu prendre livraison de Siddons l'année dernière. J'ai peut-être un truc intéressant pour vous.

— Dites toujours.

— Nous n'avions jamais réussi à découvrir où Siddons se planquait avant qu'il ne tente ce hold-up chez nous. Le tuyau concernant Paige nous apporte peut-être la réponse. Nous avons une fiche concernant une certaine Paige Laronde qui se prétend danseuse exotique. Elle a quitté la ville il y a deux jours. Elle a dit à une amie qu'elle ne savait pas si elle reviendrait, qu'elle allait rejoindre son jules.

— A-t-elle précisé où elle se rendait ?

— En Californie, puis au Mexique.

— En Californie et au Mexique ! Bon sang,

s'il gagne le Mexique, nous ne le reverrons plus jamais.

— Nos gars surveillent les gares de chemins de fer et d'autocars et les aéroports, pour tenter de retrouver sa trace. Nous vous tiendrons au courant », promit Logan, ajoutant : « Nous allons vous faxer sa fiche et ses photos. Ne les montrez pas à vos mômes. »

Shore raccrocha brutalement. « Si Siddons est parvenu à quitter New York ce matin, il se peut qu'il soit déjà en Californie, peut-être même au Mexique.

— Pas facile de trouver une place d'avion à la dernière minute la veille de Noël, lui rappela Levy d'un air dubitatif.

— Ecoutez, mon vieux, quelqu'un lui a refilé une arme en prison. La même personne peut avoir mis de côté à son intention des vêtements, du fric et des billets d'avion. Et s'être débrouillée pour le conduire à l'aéroport de Philadelphie ou de Boston, où personne ne s'attend à le voir. Si vous voulez mon avis, il a déjà rejoint sa petite amie à l'heure qu'il est et ils se dirigent tous les deux vers la frontière sud, s'ils ne sont pas déjà en train de manger des enchiladas. Et je persiste à croire que, d'une manière ou d'une autre, l'intermédiaire ne peut être que la sœur de Siddons. »

L'air sombre, Mort Levy regarda Jack Shore se diriger vers la salle des transmissions pour y attendre les fax en provenance de Detroit. Ensuite, ils enverraient les photos de Siddons et celles de la fille aux patrouilles de la frontière à Tijuana, accompagnées d'un avis de recherche.

Mais, pensa Mort, il nous faut encore surveiller la cathédrale ce soir, même s'il y a seulement une chance sur un million que Jimmy ait réellement l'intention de se rendre. Sans savoir pourquoi, aucune des deux hypothèses ne lui paraissait plausible — ni le Mexique ni la reddition. Cette Paige était-elle assez astucieuse pour avoir menti à son amie au cas où les flics seraient à ses trousses ?

Le café et les sandwiches qu'ils avaient commandés venaient d'être livrés. Mort alla prendre son jambon-pain de seigle. Deux jeunes inspectrices étaient en train de discuter. Il entendit l'une d'elles, Lori Martini, dire : « Toujours aucune nouvelle du gosse qui a disparu. C'est sûrement un cinglé qui l'a enlevé.

— Quel gosse ? » demanda Levy.

Sans émotion apparente, il écouta le récit détaillé qu'elle lui fit. C'était le genre d'affaire qui ne laissait personne indifférent dans le service. Mort avait un fils de sept ans. Il imaginait ce qui pouvait traverser l'esprit de cette mère. Et le père si gravement malade qu'il n'était même pas au courant de la disparition de son fils. La veille de Noël, pour couronner le tout. Mon Dieu, c'était la série noire pour certains, pensa-t-il.

« Un appel pour toi, Mort ! » cria quelqu'un à travers la pièce.

Emportant son café et son sandwich, Mort regagna son bureau. « Qui est-ce ? demanda-t-il en soulevant le récepteur.

— Une femme. Elle n'a pas dit son nom. »

Portant le combiné à son oreille, Mort dit : « Inspecteur Levy à l'appareil. »

Il entendit le son d'une respiration apeurée. Puis un léger déclic et la ligne fut coupée.

Alan Graham, le reporter de WCBS, s'approcha de la voiture de police où il avait interviewé Catherine Dornan une heure plus tôt, quand il avait fait un point sur les derniers développements de l'affaire.

Il était neuf heures et demie et les chutes intermittentes de neige s'étaient peu à peu transformées en un épais rideau de flocons blancs.

Dans son casque, Graham entendit le présentateur donner une information de dernière minute concernant l'assassin en fuite : « Mario Bonardi, le gardien de prison, est toujours dans un état critique. Le maire Rudi Giuliani et le directeur de la police, William Bratton, lui ont rendu une seconde visite à l'hôpital, au service de réanimation où il a été admis après une délicate intervention chirurgicale. Selon le dernier communiqué de la police, son agresseur, Jimmy Siddons, qui s'est récemment évadé de prison, pourrait rejoindre sa maîtresse en Californie, avant de passer au Mexique. Les patrouilles de la frontière à Tijuana ont été alertées. »

Un reporter avait appris qu'au dire de son avocat, Siddons avait l'intention de se rendre à la police après la messe de minuit de St. Patrick. Heureusement qu'ils avaient décidé de ne pas diffuser cette histoire, se dit Alan Graham. Les autorités n'y croyaient pas vraiment et ne souhaitaient pas que cette rumeur trouble les fidèles.

Les piétons étaient peu nombreux à cette heure dans la Cinquième Avenue. Graham songea qu'il y avait quelque chose de presque monstrueux dans les affaires qui tenaient la vedette en cette veille de Noël : un meurtrier en fuite ; un gardien de prison qui luttait contre la mort ; un enfant de sept ans disparu, peut-être victime d'une agression.

Il frappa à la fenêtre de la voiture de police. Catherine leva les yeux, puis baissa à moitié la vitre. En la regardant, il se demanda combien de temps elle serait capable de garder son étonnant sang-froid. Elle était assise sur le siège du passager à côté de l'inspecteur Ortiz. Son fils Michael se tenait à l'arrière, avec une femme plus âgée et encore très belle qui avait passé un bras autour de ses épaules.

Catherine ne lui laissa pas le temps de formuler sa question. « J'attends toujours, dit-elle doucement. L'inspecteur Ortiz a été assez gentil pour rester avec moi. J'ignore pourquoi, mais j'ai l'intuition que je retrouverai Brian ici même. » Elle se tourna légèrement. « Maman, je te présente Alan Graham, de WCBS. Il m'a interviewée juste après que je t'ai téléphoné. »

Barbara Cavanaugh nota l'expression de compassion du jeune journaliste. Elle savait bien que, s'il y avait eu du nouveau, ils auraient été les premiers à l'apprendre, néanmoins elle ne put s'empêcher de demander : « Aucune nouvelle ?

— Non, madame. Nous avons reçu de nombreux appels à la station, mais uniquement des marques de sympathie.

— Il a disparu sans laisser de trace, dit Catherine d'une voix blanche. Tom et moi avons appris aux garçons à faire généralement confiance aux gens, mais ils savent aussi comment se comporter en cas de difficulté. Brian serait allé trouver un policier s'il s'était perdu. Il sait comment composer le 911, le numéro de la police. Quelqu'un l'a enlevé. Qui pourrait enlever un enfant de sept ans, à moins de... ?

— Catherine, ma chérie, ne te torture pas, la calma sa mère. Tous ceux qui t'ont entendue à la radio prient en ce moment même pour Brian. Tu dois garder la foi. »

Catherine sentit la frustration et la colère l'envahir. Oui, sans doute fallait-il avoir la « foi ». Comme Brian — il croyait en cette médaille de saint Christophe, probablement assez pour avoir suivi celui qui avait volé son portefeuille. Il savait qu'elle était à l'intérieur, et il s'est dit qu'il devait la rapporter. Elle se retourna vers sa mère et vers Michael à côté d'elle. Sa colère tomba. Sa mère n'était en rien responsable de toute cette histoire. Oui, la foi — même en une pauvre médaille de saint Christophe — était une bonne chose.

« Tu as raison, maman », dit-elle.

Son casque d'écoute aux oreilles, Alan Graham entendit le présentateur qui disait : « A toi, Alan. »

S'écartant de la voiture, il commença : « La mère de Brian Dornan attend toujours à l'endroit où son fils a disparu, peu après dix-sept heures. Elle est convaincue, et la police avec elle, que Brian a probablement vu un individu voler son portefeuille et qu'il l'a suivi. Le portefeuille contenait une médaille de saint Christophe qu'il tenait à apporter à son père à l'hôpital. »

Graham tendit le micro à Catherine. « Brian croit que la médaille de saint Christophe aidera son père à guérir. Si j'avais partagé la foi de Brian, j'aurais fait attention à mon portefeuille, parce qu'il contenait cette médaille. Je veux que mon mari guérisse. Je veux retrouver mon enfant, ajouta-t-elle d'une voix claire malgré son émotion. Au nom de Dieu, si l'un d'entre vous sait ce qui est arrivé à Brian, qui le détient, où il est, s'il vous plaît, je vous en supplie, contactez-nous. »

Graham se recula. « Si vous êtes en train d'écouter cette jeune mère en détresse et que vous savez quelque chose sur Brian, nous vous prions instamment d'appeler le numéro suivant : 212-555-0748. »

11

Les yeux brouillés de larmes, les lèvres tremblantes, Cally éteignit la radio. *Si vous savez quelque chose sur Brian...*

J'ai *essayé*, se dit-elle farouchement. J'ai essayé. Elle avait composé le numéro de l'inspecteur Levy, mais en entendant sa voix, l'énormité de ce qu'elle s'apprêtait à faire l'avait paralysée. Ils viendraient l'arrêter. Ils lui enlèveraient Gigi une nouvelle fois et la placeraient dans une autre famille d'accueil. *Si vous savez quelque chose...*

Elle avança la main vers le téléphone.

Depuis la chambre lui parvint un gémissement et elle se précipita. Gigi faisait encore un cauchemar. Elle s'assit sur le lit, saisit sa petite fille dans ses bras et se mit à la bercer. « Là, là, calme-toi, tout va bien. »

Gigi se cramponnait à elle. « Maman, maman, je rêvais que tu étais encore partie. Maman, ne me laisse pas. Je ne veux plus vivre avec d'autres gens, jamais, jamais.

— Cela n'arrivera plus, chérie, je te le promets. »

Elle sentit Gigi se calmer. Doucement, elle la

reposa sur l'oreiller et lui caressa les cheveux. « Maintenant, rendors-toi, mon petit ange. »

Gigi ferma les yeux, puis les rouvrit. « Est-ce que je pourrai voir le Père Noël ouvrir son cadeau ? » murmura-t-elle.

Jimmy Siddons baissa le volume de la radio. « Sûr que ta mère panique à cause de toi, bonhomme. »

Brian se retint de tendre la main vers le tableau de bord et de toucher la radio. Maman avait un ton si inquiet. Il fallait qu'il revienne auprès d'elle. Maintenant, elle aussi croyait à la médaille de saint Christophe. Il en était certain.

Il y avait beaucoup de voitures sur l'autoroute et elles roulaient vite malgré la neige. Mais Jimmy restait sur la voie de droite, si bien que personne ne pouvait les dépasser de ce côté. Brian réfléchit.

S'il parvenait à ouvrir la porte très vite et à sauter sur la route, il roulerait sur le bas-côté. Ainsi, aucune voiture ne l'écraserait. Il serra la médaille un instant entre ses doigts, puis sa main rampa lentement vers la poignée. Lorsqu'il la pressa tout doucement, elle bougea imperceptiblement. Il ne s'était pas trompé. Jimmy ne l'avait pas verrouillée après s'être arrêté pour faire le plein.

Brian s'apprêtait à ouvrir la portière d'un coup quand il se souvint que sa ceinture était attachée. Il lui faudrait en même temps se libérer et ouvrir la porte. Soucieux de ne pas éveiller l'attention de Jimmy, il posa l'index de sa main gauche sur le déclic de la boucle.

A l'instant précis où il se préparait à défaire la boucle et à abaisser la poignée, Jimmy poussa un juron. Une voiture, zigzaguant de manière incontrôlée, arrivait derrière eux sur leur gauche. Elle passa si près en les doublant qu'elle faillit heurter la Toyota, puis se rabattit devant eux. Jimmy freina à mort. La voiture qui venait de le dépasser dérapa et fit un tête-à-queue au moment où on entendait un fracas de tôles froissées. Brian retint son souffle. Faites qu'on ait un accident, implora-t-il. Quelqu'un lui viendrait alors en aide.

Mais Jimmy redressa sa trajectoire et contourna les voitures accidentées. Brian entendit le hurlement des sirènes devant eux, aperçut la lueur des gyrophares rassemblés autour d'une autre collision devant laquelle ils passèrent rapidement.

Jimmy ricana avec une satisfaction cruelle. « Un coup de pot, hein, bonhomme ? » dit-il à Brian en lui jetant un regard de côté.

Brian avait encore la main refermée sur la poignée.

« Tu n'avais quand même pas l'intention de sauter de la voiture si nous étions restés coincés là-bas, non ? » Il appuya sur le système de blocage des portes. « Ote ta main. Si je te vois encore toucher à cette poignée, je te brise les doigts. »

Brian ne douta pas un instant qu'il mettrait sa menace à exécution.

12

Il était vingt-deux heures cinq. Assis à son bureau, Mort Levy était plongé dans ses pensées. Il n'avait qu'une seule explication à cet appel interrompu : Cally Hunter. Les écoutes provenant de la camionnette garée devant chez elle confirmaient qu'elle l'avait appelé. Les gars qui surveillaient son immeuble avaient proposé de monter lui parler. « Non, laissez-la tranquille, leur ordonna-t-il. Cela ne mènerait à rien. » Elle se bornerait à leur répéter mot pour mot ce qu'elle avait déjà dit. Mais elle sait quelque chose et elle n'ose pas le révéler, se dit-il. Il avait essayé par deux fois de lui téléphoner, et elle n'avait pas répondu. Il était certain pourtant qu'elle était là. Il aurait été prévenu si elle avait quitté son appartement. Pourquoi alors ne répondait-elle pas ? Et s'il allait la voir en personne ? Obtiendrait-il un résultat ?

« Qu'est-ce qui te prend ? demanda impatiemment Jack Shore. Tu as les oreilles bouchées ou quoi ? »

Mort leva les yeux. Debout devant lui, le gros inspecteur le regardait d'un air furieux. Pas étonnant que Cally soit terrorisée, pensa Mort, se rappelant la peur que trahissait son regard devant la colère et l'hostilité manifestes de Jack.

« Je réfléchissais, répondit-il sèchement, résistant à l'envie d'ajouter : "Tu devrais un jour essayer d'en faire autant."

— Bon, viens réfléchir avec les autres. Faut qu'on passe en revue le plan pour couvrir la cathédrale. » Son ton s'adoucit. « Mort, pourquoi ne t'arrêtes-tu pas un peu ? »

Il n'est pas aussi mauvais qu'il en a l'air, songea Mort. « Tu ne sembles pas prêt à te reposer toi-même, Jack, répondit-il.

— C'est parce que Siddons me fait horreur encore plus qu'à toi. »

Mort se leva lentement. Il cherchait encore désespérément à se souvenir de cet indice majeur auquel ils n'avaient pas attaché d'importance, mais qu'il était certain d'avoir vu. Ils avaient rendu visite à Cally Hunter à sept heures et quart du matin. Elle était prête à partir au bureau. Ils étaient remontés chez elle douze heures plus tard. Elle paraissait épuisée et terriblement anxieuse. Il était probable qu'elle dormait à cette heure. Mais chaque fibre de son être lui disait qu'il devait lui parler. En dépit de ses dénégations, il était convaincu qu'elle détenait la clé de l'affaire.

Au moment où il quittait son bureau, le téléphone sonna. Il décrocha, entendit de nouveau la respiration haletante. Cette fois il prit les devants. « Cally, dit-il d'un ton pressant, Cally, parlez. N'ayez pas peur. Quel que soit le problème, j'essaierai de vous aider. »

Cally ne pouvait se résoudre à aller se coucher. Elle avait écouté les informations à la radio, espérant et redoutant à la fois que les policiers aient retrouvé Jimmy, priant pour que le petit Brian soit sain et sauf.

A dix heures, elle alluma la télévision pour regarder les nouvelles régionales, puis son cœur se serra. La mère de Brian était assise à côté du présentateur, Tony Potts. Elle semblait un peu décoiffée, comme si elle était sortie dehors dans le vent et la neige. Son visage était très pâle et elle avait les yeux emplis de chagrin. Un petit garçon se tenait assis près d'elle, sans doute âgé de dix ou onze ans.

Le présentateur disait : « Vous avez peut-être entendu les appels de Catherine Dornan vous suppliant de l'aider à retrouver son fils Brian. Nous lui avons demandé, ainsi qu'au frère de Brian, Michael, de nous rejoindre. Il y avait foule au coin de la Cinquième Avenue et de la 49e Rue, peu après cinq heures de l'après-midi. Peut-être étiez-vous dans les parages. Peut-être avez-vous remarqué Catherine et ses deux fils. Ils s'étaient mêlés à un groupe qui écoutait un violoniste jouer des airs de Noël et l'accompagnait en chantant. Soudain, le petit Brian a disparu. Votre coopération peut nous aider à le retrouver. »

Le présentateur se tourna vers Catherine : « Vous avez apporté une photo de Brian, je crois. »

Cally regarda la photo dont s'approchait la caméra, écouta la mère de Brian dire : « Elle est un peu floue, je vais vous donner davantage de détails sur mon fils. Il a sept ans, mais paraît plus jeune à cause de sa petite taille. Il a des cheveux châtains aux reflets roux, des yeux bleus et des taches de rousseur sur le nez... » Sa voix se brisa.

Cally ferma les yeux. Elle ne pouvait supporter le désespoir absolu que trahissait le visage de Catherine Dornan.

Michael mit sa main sur celle de sa mère. « Mon frère porte un anorak bleu foncé comme le mien, sauf que le mien est vert, et une casquette rouge. Et il lui manque une dent de devant. » Puis il s'écria : « Nous devons le retrouver. Nous ne pouvons pas dire à mon père que Brian a disparu car il est trop malade pour le supporter. » La voix de Michael devint encore plus pressante. « Je connais mon père. Il essaierait de faire quelque chose. Il se lèverait et se mettrait à la recherche de Brian, et nous ne pouvons pas le laisser faire. Il est malade, très malade. »

Cally éteignit brusquement le poste. Elle pénétra sur la pointe des pieds dans la chambre où Gigi dormait enfin calmement, et jeta un coup d'œil vers la fenêtre qui donnait sur l'escalier de secours. Elle revoyait le regard de Brian au moment où il avait tourné la tête vers elle, la suppliant de l'aider, une main serrée dans celle de Jimmy, l'autre tenant la médaille comme si sa vie en dépendait. Elle secoua la tête. Cette médaille, pensa-t-elle. Il ne s'était pas soucié de l'argent. Il l'avait suivie parce qu'il croyait que la médaille guérirait son père.

Cally parcourut en courant les quelques pas qui la séparaient du séjour et saisit la carte de Mort Levy.

Lorsqu'il répondit, la détermination faillit lui faire défaut à nouveau mais il lui dit d'une voix rassurante : « Cally, parlez. N'ayez pas peur.

— Monsieur Levy, souffla-t-elle, pouvez-vous venir ici tout de suite ? Il faut que je vous parle de Jimmy — et de ce petit garçon qui a disparu. »

13

De ce que Jimmy avait acheté en s'arrêtant pour faire le plein d'essence, il ne restait que les boîtes vides de Coca-Cola et les sacs froissés qui avaient contenu des chips. Jimmy avait jeté les siens sur le plancher aux pieds de Brian, alors que ce dernier les avait mis dans la poubelle de plastique sous le tableau de bord. Il ne se souvenait même pas du goût des chips, il avait eu tellement faim que, malgré sa frayeur, il avait oublié le reste.

Il voyait bien que Jimmy était en colère contre lui. Depuis qu'ils avaient failli avoir cet accident et que Jimmy avait deviné son intention de sauter de la voiture, il semblait très nerveux. Il ouvrait et refermait constamment les doigts sur le volant, faisant craquer ses phalanges avec un bruit menaçant. En l'entendant la première fois, Brian avait sursauté et Jimmy lui avait violemment saisi l'épaule, lui ordonnant de se tenir à l'écart de la porte.

La neige tombait plus dru à présent. Une voiture freina devant eux. Elle pivota sur elle-même, puis continua sa route. Brian comprit qu'elle n'avait pas heurté une autre voiture uniquement parce que tous les conducteurs se tenaient à une certaine distance les uns des autres.

Néanmoins, Jimmy se mit à jurer entre ses dents — un flot ininterrompu d'invectives que Brian n'avait jamais entendues, même de la part de Skeet, le garçon dans sa classe qui connaissait tous les gros mots.

Le tête-à-queue de la voiture ne fit qu'augmenter l'appréhension de Jimmy : même à deux doigts de réussir à quitter le pays, il n'était pas à l'abri d'un incident de dernière minute. Il était peu probable que le gardien de prison s'en tire. S'il passait l'arme à gauche... Jimmy avait dit à Cally qu'il ne se laisserait pas prendre vivant.

Il chercha à se rassurer. Il était dans une voiture dont personne vraisemblablement n'avait encore signalé la disparition. Il avait des vêtements corrects et de l'argent. S'ils s'étaient retrouvés bloqués sur la route un peu plus tôt, quand cet imbécile avait provoqué l'accident, le gamin aurait pu sauter de la voiture. Si ce demeuré qui venait de faire un tête-à-queue avait heurté la Toyota, j'aurais pu être blessé. Seul, je m'en serais peut-être sorti, mais pas avec le gosse, songea-t-il. D'autre part, personne ne savait qu'il transportait l'enfant, et il n'y avait pas une chance sur un million qu'un flic agrafe un type dans une belle voiture avec une masse de jouets sur la banquette arrière et un petit garçon à côté de lui.

Ils approchaient de Syracuse. Dans trois ou quatre heures il serait de l'autre côté de la frontière du Canada, avec Paige.

Il vit l'enseigne d'un McDonald's sur la droite.

100

Il avait faim et c'était l'endroit idéal pour avaler un morceau. Ça lui calerait l'estomac jusqu'au Canada. Il arrêterait la voiture devant le guichet du drive-in, commanderait de quoi dîner pour lui et le gosse, et reprendrait la route aussitôt.

« Qu'est-ce qui te ferait plaisir, bonhomme ? » demanda-t-il d'un ton presque enjoué.

Brian avait remarqué l'enseigne du McDonald's et retenu son souffle, espérant qu'ils allaient manger quelque chose. « Un hamburger et des frites, et un Coca-Cola, dit-il timidement.

— Si je m'arrête au McDonald's, peux-tu faire semblant de dormir ?

— Oui, c'est promis.

— Bon. Appuie-toi contre moi et ferme les yeux.

— D'accord. » Docilement, Brian se recroquevilla contre Jimmy et ferma les yeux. Il essaya de dissimuler son effroi.

« Voyons si tu sais jouer la comédie, dit Jimmy. Et tu as intérêt à être bon. »

La médaille de saint Christophe avait glissé sur le côté. Brian la remit en place : son poids sur sa poitrine le réconfortait.

C'était terrifiant d'être si près de cet homme, pas du tout comme lorsqu'il avait sommeil en voiture avec papa et qu'il se pelotonnait contre lui, sentant sa main lui tapoter l'épaule.

Ils quittèrent l'autoroute et se mirent dans la queue du drive-in. Jimmy sentit son sang se figer dans ses veines en voyant une voiture de la police routière s'arrêter juste derrière eux, mais il n'avait d'autre solution que de rester calme et de ne pas se faire remarquer. Lorsque leur tour arriva, il passa sa commande et paya sans que l'employé jette un coup d'œil à l'intérieur de la voiture. Mais dans la cabine de livraison, la serveuse regarda par-dessus son comptoir, dont la lampe placée derrière elle éclairait Brian.

« Je parie qu'il meurt d'envie de découvrir ce que le Père Noël lui a apporté, hein ? » Jimmy hocha la tête et se força à sourire, tendant la main pour prendre la poche de papier.

Elle se pencha en avant et lorgna à l'intérieur de la voiture. « Oh, lui aussi porte une médaille de saint Christophe ! C'est le nom de mon père et il en fait tout un plat, mais ma mère se moque toujours de ce saint qui a été exclu du calendrier. Mon père lui répond que c'est dommage qu'elle ne se soit pas appelée Philomène. C'est une autre sainte qui n'existe pas, d'après le Vatican. » Avec un rire jovial la serveuse lui remit alors sa commande.

Lorsqu'ils regagnèrent l'autoroute, Brian ouvrit les yeux. Il sentait l'odeur des hamburgers et des frites. Il se redressa lentement. Jimmy se tourna vers lui, le regard noir, le visage crispé. Les dents serrées, il lui ordonna froidement : « Enlève cette foutue médaille de ton cou. »

Cally voulait lui parler de son frère et de l'enfant qui avait disparu. Après lui avoir promis d'arriver sur-le-champ, Mort Levy raccrocha, stupéfait. Quel pouvait être le rapport entre Jimmy Siddons et le petit garçon qui avait disparu dans la Cinquième Avenue ?

Il appela la camionnette de faction. « Vous avez enregistré l'appel ?

102

— Elle est tombée sur la tête ou quoi ? Il ne s'agit pas du petit Dornan, quand même ? Tu veux qu'on aille l'interroger ?

— C'est exactement ce que je ne veux pas que vous fassiez ! s'écria Levy. Elle a déjà suffisamment la trouille comme ça. Ne bougez pas jusqu'à mon arrivée. »

Il devait informer ses supérieurs, à commencer par Jack Shore, de l'appel de Cally Hunter. Apercevant Shore qui sortait du bureau de l'inspecteur en chef, Mort bondit de son fauteuil et traversa la pièce en quelques secondes. Il saisit Shore par le bras. « Reviens voir le patron avec moi.

— Je t'ai dit d'aller te reposer, dit Shore en libérant son bras. Logan vient encore de nous appeler de Detroit. Il y a deux jours, une femme dont la description correspond à la copine de Siddons a franchi la frontière dans une bagnole avec chauffeur pour se rendre à Windsor. Les types de Logan pensent que Paige a parlé de la Californie et du Mexique à son amie pour brouiller les pistes. On a interrogé à nouveau cette fille. Cette fois elle s'est souvenue qu'elle avait proposé à Paige Laronde de lui acheter son manteau de fourrure parce qu'elle n'en aurait pas besoin au Mexique. Paige a refusé. »

Je n'ai jamais cru à cette histoire de Mexique, pensa Mort Levy. Sans lâcher le bras de Shore, il ouvrit brusquement le bureau de leur directeur.

Cinq minutes plus tard, une voiture de police roulait à tombeau ouvert sur l'East River Drive, vers l'Avenue B et la 10e Rue. A son plus grand dépit, Jack Shore avait reçu l'ordre d'attendre dans la camionnette pendant que Mort et

103

l'inspecteur en chef, Bud Folney, monteraient parler à Cally.

Mort savait que Shore ne lui pardonnerait jamais d'avoir insisté pour qu'il reste à l'écart. « Jack, quand nous sommes allés chez elle la première fois, j'ai senti qu'elle nous cachait quelque chose. Tu l'as complètement terrorisée. Elle croit que tu feras tout pour la renvoyer derrière les barreaux. Pour l'amour du ciel, est-ce que tu ne peux pas la considérer comme un être humain ? Elle a une petite fille de quatre ans, son mari est mort, et elle a attrapé le maximum lorsqu'elle a fait l'erreur d'aider son frère qu'elle a pratiquement élevé. »

A présent, Mort se tournait vers Folney. « J'ignore comment Jimmy Siddons est impliqué dans cette disparition d'enfant, mais je sais que Cally avait trop peur pour parler. Si elle nous révèle maintenant ce qu'elle sait, ce sera uniquement parce qu'elle a l'impression que nos services... que vous n'avez pas l'intention de l'arrêter. »

Folney approuva d'un signe de tête. C'était un homme mince d'une quarantaine d'années, avec une voix douce et un visage d'intellectuel. Il avait en fait enseigné pendant trois ans dans un lycée avant de découvrir sa passion pour le maintien de l'ordre. On pronostiquait généralement qu'il se retrouverait un jour ou l'autre à la tête de la police. Il était déjà l'un des hommes les plus puissants de la direction.

Mort Levy savait que, si quelqu'un pouvait venir en aide à Cally, à supposer qu'elle ait été contrainte de couvrir son frère à nouveau,

104

c'était Folney. Mais l'enfant — en quoi Siddons était-il donc mêlé à cette affaire ?

C'était la question qui les taraudait tous.

Au moment où la voiture s'arrêta derrière la camionnette de faction, Shore fit une dernière tentative : « Si je ferme ma gueule... »

Folney répondit : « Je vous suggère de commencer tout de suite, Jack. Montez dans la camionnette. »

14

Pete Cruise était sur le point de laisser tomber. Il avait découvert où vivait Cally Hunter lorsqu'il s'était mis en tête de l'interviewer après sa sortie de prison, et aujourd'hui il espérait que son frère allait se montrer. Mais rien n'avait attiré son attention depuis des heures, à l'exception de quelques bourrasques de neige. Maintenant, heureusement, elles semblaient avoir cessé pour de bon. La camionnette qu'il savait appartenir à la police était toujours stationnée de l'autre côté de la rue, en face de l'immeuble de Cally Hunter, mais ils se bornaient sans doute à écouter ses appels téléphoniques. La probabilité d'une apparition de Jimmy Siddons chez sa sœur était aussi mince que celle de rencontrer deux personnes possédant le même ADN.

Toutes ces heures à guetter en bas de l'immeuble de Cally Hunter étaient du temps perdu, décréta Pete. Depuis l'instant où il l'avait vue rentrer chez elle, peu avant six heures, et le moment où les deux inspecteurs avaient débarqué, vers sept heures, il ne s'était absolument rien passé.

Il avait laissé sa puissante radio portative en marche depuis le début, la réglant tantôt sur la fréquence de la police, tantôt sur sa propre station, WYME, ou sur la chaîne d'infos de WCBS. Pas un mot de Siddons. Quelle pitié, la disparition de cet enfant.

Lorsque fut diffusé le bulletin de dix heures sur WYME, Pete songea pour la centième fois que la présentatrice de cette tranche horaire était nulle. Mais elle avait manifesté une émotion sincère en parlant de la disparition du petit garçon. Peut-être nous faudrait-il un enlèvement par jour, conclut cyniquement Pete, regrettant immédiatement une pareille pensée.

Il y avait beaucoup d'agitation dans l'immeuble de Cally Hunter, un flot continu de gens qui entraient et sortaient. Nombre d'églises avaient décidé de célébrer la messe de minuit à dix heures. Quelle que soit l'heure choisie, certains seront toujours en retard, pensa Pete en voyant un couple d'un certain âge sortir à la hâte du hall d'entrée et tourner dans l'Avenue B. Ils se rendaient probablement à St. Emeric.

La femme qui avait ramené l'enfant de Cally Hunter un peu plus tôt remontait la rue. Cally avait-elle l'intention de ressortir ?

Pete haussa les épaules. Peut-être avait-elle un rendez-vous tardif ou allait-elle à l'église. Apparemment, ce n'était pas aujourd'hui qu'il allait pondre l'article qui ferait sa renommée de reporter.

Ça viendra, se promit-il. Je ne bosserai pas éternellement pour cette minable radio locale. Son copain qui travaillait à WNBC le mettait souvent en boîte à propos de son job. Sa plaisanterie préférée était que les seuls auditeurs de WYME étaient deux cafards et trois chats de gouttière.

Pete mit le contact. Il allait démarrer quand une voiture de police arriva en trombe et s'arrêta pile devant l'immeuble de Cally.

Plissant les yeux, Pete en vit sortir trois hommes. Il reconnut le premier, Jack Shore, qui traversa la chaussée et monta dans la camionnette. Puis, dans la lumière provenant du hall de l'immeuble, il aperçut Mort Levy. Il distingua mal le troisième.

Quelque chose se tramait. Pete coupa le moteur, son intérêt à nouveau éveillé.

En attendant Mort Levy, Cally sortit de leur cachette derrière le canapé les cadeaux destinés à Gigi et les disposa devant l'arbre. La voiture d'enfant d'occasion n'avait pas trop mauvaise allure avec son édredon de satin bleu assorti à l'oreiller. Elle y avait couché la poupée qu'elle avait trouvée pour deux dollars le mois dernier, mais elle n'était pas aussi mignonne que celle qu'elle avait voulu acheter au vendeur ambulant de la Cinquième Avenue. Cette dernière avait les boucles blondes de Gigi et était vêtue d'une robe de bal bleue. *Si je ne m'étais pas mise à la recherche de ce vendeur, je n'aurais pas vu le portefeuille, et le petit garçon ne m'aurait pas suivie, et...*

Elle écarta cette pensée. A quoi bon les regrets... Soigneusement, elle arrangea les paquets qu'elle avait enveloppés de papier-cadeau. Un ensemble de chez Gap : des collants et un polo, des crayons de couleur et un carnet de croquis, des meubles pour la maison de poupée. Chaque présent, y compris les vêtements de chez Gap, avait son emballage séparé afin que Gigi ait le maximum de cadeaux à ouvrir.

Elle s'efforça de ne pas regarder la grande boîte qui était placée sous l'arbre, celle que Gigi croyait destinée au Père Noël.

Pour finir, elle téléphona à Aika. Les petits-enfants d'Aika rentraient toujours dormir chez eux, aussi Cally était-elle certaine de pouvoir compter sur elle pour venir garder Gigi, si jamais on l'arrêtait une fois qu'elle aurait raconté aux flics ce qu'elle savait sur Jimmy et le petit garçon.

Aika décrocha dès la première sonnerie. « Allô. » Sa voix avait son ton chaleureux habituel. Peut-être accepteront-ils de confier Gigi à Aika s'ils me mettent à nouveau en prison, pensa Cally. Elle avala sa salive, tentant d'éliminer la boule qui lui serrait la gorge. « Aika, dit-elle, j'ai des ennuis. Peux-tu être ici dans une demi-heure et au besoin rester pour la nuit ?

— Bien sûr. Pas de problème. » Aika ne posa aucune question, elle raccrocha simplement.

Au moment où Cally posait le récepteur sur son support, la sonnette de la porte retentit.

« Le standard est saturé, madame Dornan, dit Leigh Ann Winick, la productrice du journal de vingt-deux heures sur la Fox 5, au moment où, enjambant avec précaution les câbles tendus sur le sol, Catherine et Michael quittaient le studio d'enregistrement. « C'est à croire qu'ils

110

veulent tous vous assurer de leur soutien et qu'ils forment tous des vœux pour Brian et son papa.

— Merci. » Catherine s'efforça de sourire. Elle regarda Michael. Pour elle, il s'était évertué à faire bonne figure. C'était seulement en l'écoutant intervenir à l'antenne qu'elle avait compris combien ce drame l'affectait.

Il gardait les mains enfoncées dans ses poches, la tête rentrée dans le cou. Exactement la posture que prenait Tom lorsqu'il était inquiet pour l'un de ses patients. Catherine se redressa et passa un bras autour des épaules de son fils aîné tandis que la porte du studio se refermait derrière eux.

La productrice dit : « Nous allons remercier de votre part les auteurs de ces appels. Y a-t-il une chose que vous aimeriez ajouter ? »

Catherine inspira profondément et serra plus fort Michael contre elle. « J'aimerais que vous leur disiez que j'ai laissé tomber mon portefeuille, et que Brian a sans doute suivi celui ou celle qui l'a ramassé. S'il a voulu le retrouver, c'est que ma mère venait de me confier une médaille de saint Christophe que mon père a portée durant toute la dernière guerre. Mon père croyait que cette médaille l'avait sauvé. Elle porte même une éraflure à l'endroit où une balle a ricoché dessus, une balle qui aurait pu le tuer. Brian est animé de la même foi, il est convaincu que saint Christophe, ou ce qu'il représente, va nous protéger à nouveau... et moi aussi. Je crois que saint Christophe nous ramènera Brian et guérira mon mari. »

111

Elle sourit à Michael. « N'est-ce pas, mon chéri ? »

Les yeux de Michael brillaient. « Maman, tu le crois vraiment ? »

Catherine retint sa respiration. *Je le crois. Mon Dieu, donnez-moi la foi.* « Oui, bien sûr », dit-elle fermement.

Et peut-être parce que c'était la veille de Noël, pour la première fois, elle eut le sentiment d'y croire.

15

Chris McNally, agent de la police routière de l'État, écoutait d'une oreille distraite Deidre Lenihan lui raconter qu'elle venait de voir une médaille de saint Christophe, ajoutant que c'était le nom qu'on avait donné à son père. C'était une jeune femme pleine de bonnes intentions, mais chaque fois qu'il s'arrêtait pour prendre un café à ce McDonald's, elle était de service et toujours prête à raconter sa vie.

Ce soir, Chris avait l'esprit occupé par la pensée de rentrer chez lui. Il voulait dormir un peu avant que ses enfants se lèvent pour ouvrir tous leurs cadeaux de Noël. Et il songeait également à la Toyota qu'il avait vue s'arrêter devant lui. Il voulait en acheter une semblable, encore qu'il sache que sa femme n'aimerait pas cette teinte marron. L'achat d'une voiture neuve signifiait le souci des échéances mensuelles. Il avait remarqué le reste d'un autocollant sur le pare-chocs arrière, un seul mot : *héritage*. Il savait ce que disait l'inscription à l'origine : « Nous sommes en train de dilapider l'héritage de nos petits-enfants. » Un héritage ne nous ferait pas de mal, pensa-t-il.

« Et mon père disait... »

Chris se força à revenir au moment présent. Deidre est une brave fille, pensa-t-il, mais elle est trop bavarde. Il tendit la main pour saisir le sac de papier qu'elle lui présentait, toutefois il était clair qu'elle n'était pas disposée à le lui donner, pas avant de lui avoir raconté que son père regrettait que sa mère ne s'appelle pas Philomène.

Et elle n'avait pas encore terminé. « Il y a des années, ma tante travaillait à Southampton et appartenait à la paroisse de Sainte-Philomène. Lorsqu'il a fallu la rebaptiser, le pasteur a organisé un débat pour décider quel nom de saint choisir. Ma tante suggéra celui de sainte Dympna parce que c'était la patronne des fous et que la plupart des paroissiens étaient cinglés.

— Eh bien, moi aussi on m'a donné le nom de saint Christophe, dit Chris, parvenant à lui subtiliser le sac. Joyeux Noël, Deidre. »

J'ai cru que je devrais attendre la venue du Messie avant de pouvoir avaler une bouchée de ce Big Mac, songea-t-il en se retrouvant sur l'autoroute. D'une main, il ouvrit habilement le sac, en dégagea le hamburger et y mordit à pleines dents. Le café attendrait qu'il soit de retour à son poste de surveillance.

Il terminait son service à minuit, et ensuite, se réjouit-il intérieurement, il aurait le temps de piquer un roupillon. Eileen essaierait de garder les enfants au lit jusqu'à six heures, mais il ne se faisait pas d'illusions. Elle n'y était pas parvenue l'an dernier, elle n'aurait pas plus de succès cette année. Il connaissait bien ses fils.

Il approchait de la sortie 40 et il arrêta sa

voiture au rond-point d'où il pouvait relever les infractions des automobilistes. Les conducteurs en état d'ivresse étaient beaucoup moins nombreux à Noël qu'au nouvel an, mais Chris était déterminé à épingler le premier qui dépasserait la limite de vitesse ou zigzaguerait sur la route. Il avait assisté à deux accidents au cours desquels un ivrogne avait transformé un jour de fête en cauchemar pour de pauvres gens. Ça n'arriverait pas ce soir, s'il pouvait l'empêcher. Et la neige rendait la conduite encore plus difficile.

Au moment où il prenait une autre bouchée de son hamburger et ouvrait le couvercle de son café, il fronça les sourcils. Une Corvette fonçait à plus de cent trente sur la voie de dégagement. Il mit en marche son gyrophare et sa sirène et s'élança à sa poursuite.

Le visage de Bud Folney ne manifestait rien d'autre qu'une tranquille attention tandis qu'il écoutait Cally Hunter raconter en tremblant à Mort Levy comment elle avait trouvé le portefeuille dans la Cinquième Avenue. Ecartant d'un geste l'habituelle énumération de ses droits, elle avait dit d'un ton impatient : « Il n'y a plus une minute à perdre. »

Folney connaissait les grandes lignes de l'affaire : sœur aînée de Jimmy Siddons, incarcérée parce qu'un juge n'avait pas cru qu'elle avait aidé son frère en pensant sincèrement qu'il cherchait à échapper à une bande rivale décidée à le tuer. Levy lui avait dit que Cally appartenait visiblement à la catégorie des gens

115

abonnés au mauvais sort — élevée par une grand-mère âgée, qui était morte en la laissant se débrouiller pour élever le mieux possible sa fripouille de frère, tandis qu'elle-même n'était qu'une gosse ; puis un mari tué par un chauffard qui avait pris la fuite alors qu'elle était enceinte.

La trentaine, estima Folney, elle aurait pu être jolie si elle se remplumait un peu. Elle avait encore le teint pâle et le regard effrayé des femmes qui avaient fait de la prison et restaient hantées par la terreur d'y retourner un jour.

Il regarda autour de lui. Le petit appartement bien tenu, la peinture jaune sur les murs craquelés, le sapin de Noël maigrichon joliment décoré, l'édredon neuf sur la voiture de poupée usagée, tous ces détails parlaient de Cally Hunter.

Folney savait que, tout comme lui, Mort Levy était impatient d'apprendre de Cally quel lien existait entre Siddons et le petit Dornan. Il approuva sa méthode d'approche par la douceur. Cally leur raconterait son histoire à sa manière. Heureusement qu'ils n'avaient pas amené avec eux ce fou furieux de Shore. Jack était certes un bon inspecteur, mais Folney ne supportait pas son agressivité.

Cally disait qu'elle avait repéré le portefeuille sur le trottoir. « Je l'ai ramassé sans réfléchir. J'ai supposé qu'il appartenait à cette femme, mais sans en être sûre. C'est vrai, je n'en étais pas sûre, ajouta-t-elle précipitamment. Et j'ai pensé que, si je le lui rendais, elle pourrait prétendre qu'il manquait quelque chose. C'était arrivé à ma grand-mère. Et après vous m'auriez envoyée à nouveau en prison et...

— Cally, calmez-vous, dit Mort. Qu'est-il arrivé ensuite ?

— Quand je suis rentrée à la maison... »

Elle leur raconta qu'elle avait trouvé Jimmy chez elle, vêtu des vêtements de son mari décédé. Elle désigna le gros paquet sous l'arbre. « L'uniforme du gardien et le manteau se trouvent à l'intérieur, dit-elle. C'est la seule cachette qui me soit venue à l'esprit au cas où vous reviendriez. »

Voilà, pensa Mort. La seconde fois que nous avons inspecté l'appartement, il y avait quelque chose de changé dans la penderie. Le carton sur l'étagère et la veste d'homme n'étaient plus à leur place.

Puis Cally parla d'une voix sourde et entrecoupée de la façon dont Jimmy s'était emparé de Brian Dornan et avait menacé de le tuer s'il repérait un flic lancé à sa poursuite.

Levy demanda : « Cally, croyez-vous que Jimmy relâchera Brian ?

— C'était ce que je voulais espérer, dit-elle d'une voix blanche. Et c'est pourquoi je ne vous ai pas avertis tout de suite. Mais je sais qu'il est prêt à tout. Jimmy fera n'importe quoi pour ne pas retourner en prison. »

Folney posa une dernière question : « Cally, pourquoi nous avez-vous appelés maintenant ?

— J'ai vu la mère de Brian à la télévision et j'ai compris que si Jimmy avait enlevé Gigi, j'aurais voulu qu'on m'aide à la retrouver. » Cally joignit les mains. Son corps oscilla légèrement d'arrière en avant, dans une attitude douloureuse. « L'expression sur le visage de ce petit garçon, la manière dont il a passé la médaille autour de son cou, s'y agrippant comme à une bouée de sauvetage... s'il lui arrive malheur, ce sera de ma faute. »

La sonnette de l'interphone retentit. Si c'est Shore..., pensa Folney en se précipitant pour répondre.

C'était Aika Banks. Lorsqu'elle pénétra dans l'appartement, elle jeta un regard interrogateur vers les policiers, puis s'élança vers Cally et la prit dans ses bras. « Mon petit, que se passe-t-il ? Tu as des ennuis ? Pourquoi m'as-tu demandé de rester avec Gigi ? Que te veulent ces types ? »

Cally fit une grimace.

Aika remonta la manche de son amie. Les marques laissées par les doigts de Jimmy étaient rouges et boursouflées maintenant. Si Bud Folney avait encore des doutes sur la complicité de Cally et de son frère, ils s'évanouirent. Il s'accroupit devant elle. « Cally, vous n'aurez pas d'ennuis. Je vous le promets. Je vous crois lorsque vous dites avoir trouvé ce portefeuille. Je suis convaincu que vous ne saviez pas quoi faire. Mais à présent, il faut que vous nous aidiez. *Avez-vous la moindre idée de l'endroit où Jimmy a pu aller ?* »

Dix minutes plus tard, en quittant l'appartement de Cally, Mort Levy portait le gros paquet enveloppé de papier-cadeau qui contenait l'uniforme du gardien.

Shore les rejoignit dans la voiture et bombarda Mort de questions. Tandis qu'ils se dirigeaient vers le bas de la ville, ils décidèrent de privilégier l'hypothèse selon laquelle Jimmy tentait de gagner le Canada.

« Il doit être au volant d'une voiture, dit calmement Folney. Impossible qu'il voyage dans les transports publics avec cet enfant. »

Cally leur avait dit que, dès l'âge de douze ans, Jimmy pouvait bricoler un moteur et voler n'importe quelle voiture ; elle était certaine qu'il s'en était procuré une près de chez elle.

« Mon sentiment est que Siddons voudra quitter l'Etat de New York le plus tôt possible, dit Folney. Ce qui signifie qu'il va traverser toute la Nouvelle-Angleterre jusqu'à la frontière. Mais ce n'est qu'une supposition. Il peut aussi se trouver sur le Thruway, en direction de la 187. C'est la route la plus rapide. »

Et la petite amie de Siddons était probablement au Canada. Tout concordait.

Ils partageaient également la conviction de Cally que Jimmy Siddons ne se laisserait pas prendre vivant et que sa vengeance ultime serait de tuer son otage.

Ils étaient donc confrontés à un meurtrier en fuite accompagné d'un enfant, circulant vraisemblablement à bord d'une voiture non identifiée, sans doute en direction du nord, au milieu d'une tempête de neige. La frontière était traditionnellement submergée par le flot des vacanciers à la veille de Noël. Autant chercher une aiguille dans une meule de foin. Et Siddons était trop malin pour attirer l'attention en roulant trop vite. Folney dicta un message à diffuser aux polices de la Nouvelle-Angleterre

119

et de New York : *A menacé de tuer son otage*, précisa-t-il.

Ils calculèrent que, si Jimmy Siddons avait quitté l'appartement de Cally peu après six heures, étant donné les conditions de circulation, il devait avoir parcouru trois à quatre cents kilomètres, peut-être davantage. L'avis transmis à la police de l'Etat reprenait la déclaration finale de Cally : *L'enfant porte probablement autour du cou une médaille de bronze représentant saint Christophe, de la taille d'une pièce d'un dollar.*

Pete Cruise vit les inspecteurs sortir de l'immeuble de Cally vingt minutes après leur arrivée. Il nota que Mort Levy avait un gros colis dans les bras. Shore sauta immédiatement de la camionnette et se joignit à eux.

Cette fois, Pete distingua clairement le troisième homme et siffla entre ses dents. C'était Bud Folney, inspecteur en chef, le futur directeur de la police. Il se préparait quelque chose. Quelque chose d'important.

La voiture de police démarra en trombe, gyrophare en action. Cent mètres plus loin, la sirène se mit en marche. Pete resta assis un moment, réfléchissant à ce qu'il allait faire. Les flics dans la camionnette risquaient de l'arrêter s'il tentait de monter voir Cally, mais visiblement un événement majeur était en cours et il était bien décidé à réussir un scoop.

Pendant qu'il se demandait s'il existait une entrée à l'arrière de l'immeuble, il vit sortir la femme qui gardait la petite fille de Cally. Il s'élança derrière elle et la rattrapa au coin de la

120

rue, hors de la vue des policiers en faction. « Je suis l'inspecteur Cruise, dit-il. On m'a chargé de veiller à votre sécurité pendant que vous rentrez chez vous. Comment Cally supporte-t-elle tout ça ?

— Oh, la pauvre petite, dit Aika. Monsieur l'inspecteur, il faut la croire. Elle a cru bien faire en ne prévenant pas la police que son frère avait enlevé ce petit garçon... »

Malgré sa faim, le hamburger lui parut difficile à avaler. Il avait l'impression d'avoir quelque chose de coincé dans la gorge. Brian savait que la présence de Jimmy en était la cause. Il but une grande gorgée de Coca-Cola et essaya de penser à la raclée que son père donnerait à Jimmy pour le punir d'avoir été si méchant avec son petit garçon.

Mais quand il pensait à son papa, il ne se souvenait que des projets qu'ils avaient faits pour le réveillon de Noël. Papa avait prévu de rentrer tôt à la maison et ils décoreraient l'arbre tous ensemble. Puis ils dîneraient et feraient le tour du voisinage en chantant des airs de Noël avec leurs amis.

Il ne pouvait penser à rien d'autre, car c'était ce qu'il désirait le plus au monde : être à la maison avec papa et maman souriant comme d'habitude quand ils étaient ensemble. Lorsqu'ils étaient venus à New York parce que papa était malade, maman leur avait dit, à lui et à Michael, que leurs gros cadeaux, ceux dont ils avaient très envie, attendraient leur retour à la maison. Elle avait dit que le Père Noël les garderait sur son traîneau jusqu'à ce qu'ils soient rentrés.

Michael avait murmuré : « Sans blague ? » Mais Brian croyait au Père Noël. L'année dernière, papa lui avait montré les traces sur le toit du garage laissées par son traîneau et les rennes. Michael avait entendu maman déclarer à papa qu'il avait de la chance de ne pas s'être rompu le cou en montant sur le toit couvert de neige pour y faire des marques, mais Brian se fichait de ce que racontait Michael parce qu'il ne le croyait pas. De même qu'il se fichait que Michael l'appelle Débile ; il savait qu'il n'était pas débile.

Il savait aussi que les choses allaient vraiment mal quand vous aviez envie d'avoir votre casse-pieds de frère avec vous, et c'était exactement ce qu'il ressentait en ce moment.

Au moment où Brian avalait pour éliminer cette sensation de boule dans la gorge, le gobelet de plastique faillit lui échapper des mains. Jimmy avait soudainement changé de voie.

Siddons jura silencieusement. Il venait de dépasser une voiture de la police routière arrêtée derrière une voiture de sport. Son corps se couvrait de sueur à la vue d'un flic, mais il n'aurait pas dû réagir si brusquement. Il devenait nerveux.

Sentant la tension qui émanait de Jimmy, Brian remit le hamburger à peine entamé et le Coca dans leur emballage et lentement, afin de permettre à Jimmy de voir ce qu'il faisait, il se pencha en avant et posa le tout sur le plancher. Puis il se redressa, se recroquevilla au fond de son siège, serrant ses deux bras contre ses côtés.

Les doigts de sa main droite tâtonnèrent jusqu'à ce qu'ils trouvent la médaille de saint Christophe qu'il avait posée à côté de lui en déballant son hamburger.

Avec un sentiment de soulagement, il referma sa main sur elle et se représenta mentalement le saint qui avait porté le petit enfant à travers un torrent, qui avait sauvé son grand-père, et qui allait guérir son père, et qui... Brian ferma les yeux... Il ne termina pas son souhait, mais il s'imagina lui-même sur les épaules du saint.

16

Barbara Cavanaugh attendait Michael et Catherine dans le « salon vert » de la Fox 5. « Vous avez été formidables tous les deux », dit-elle doucement. Puis, voyant l'épuisement qui marquait le visage de sa fille, elle ajouta : « Catherine, je t'en prie, rentre à l'appartement. La police se mettra en rapport avec toi dès qu'ils auront des nouvelles de Brian. Tu as l'air à bout de forces.

— Je ne peux pas, maman, répondit Catherine. Je sais que c'est idiot d'attendre dans la Cinquième Avenue. Brian ne va pas revenir tout seul là-bas, mais en restant dehors j'ai au moins l'impression de faire quelque chose pour le retrouver. Je ne sais pas quoi dire, si ce n'est qu'en quittant ton appartement j'avais mes deux petits garçons avec moi et que, lorsque j'y retournerai, je veux que nous soyons ensemble. »

Leigh Ann Winick fit une suggestion : « Madame Dornan, pourquoi ne pas rester ici au moins pour le moment ? Cette pièce est confortable. Nous allons vous faire porter du potage, un sandwich ou ce qu'il vous plaira. Comme vous l'avez dit vous-même, il est inutile d'attendre dans la Cinquième Avenue indéfiniment. »

Catherine réfléchit. « Et la police pourra me joindre ici ? »

Leigh désigna le téléphone : « Absolument. Maintenant, dites-moi ce qui vous ferait plaisir. »

Vingt minutes plus tard Catherine, sa mère et Michael dégustaient un minestrone fumant tout en regardant l'écran de télévision dans le salon vert. On venait de publier un communiqué concernant Mario Bonardi, le gardien de prison. Son état était encore critique, mais stationnaire.

Le reporter se trouvait à l'hôpital avec la femme de Bonardi et ses enfants dans la salle d'attente du service de réanimation. Lorsqu'on lui demanda de dire un mot, Rose Bonardi, l'air épuisé, déclara : « Mon mari va s'en tirer. Je tiens à remercier tous ceux qui ont prié pour lui aujourd'hui. Notre famille a connu bien des Noëls heureux, mais celui-ci sera le plus beau car nous savons ce que nous avons failli perdre. »

« C'est ce que nous dirons aussi, Michael, affirma Catherine avec conviction. Papa va s'en tirer et on va retrouver Brian. »

Le journaliste qui interviewait les Bonardi dit : « Je vous rends l'antenne, Tony.

— Merci, Ted. Content d'apprendre la bonne nouvelle. C'est le genre de conte de Noël que nous sommes heureux de pouvoir vous rapporter. » Le sourire du présentateur s'évanouit. « Toujours aucune trace de l'agresseur de Mario Bonardi, Jimmy Siddons, qui était en instance de jugement pour l'assassinat d'un policier. Des sources proches de la police laissent entendre qu'il tenterait d'aller retrouver sa maîtresse, Paige Laronde, au Mexique. Les aéroports, gares de chemin de fer et gares routières sont sévèrement contrôlés. Il y a près de trois ans, en prenant la fuite après une attaque à main armée, Siddons avait mortellement blessé l'agent de police William Grasso qui venait de l'arrêter pour infraction au code de la route. Siddons est armé et considéré comme extrêmement dangereux. »

Pendant que le présentateur parlait, des photos de Jimmy Siddons apparurent à l'écran.

« Il a l'air méchant, fit remarquer Michael en étudiant les yeux au regard glacé et les lèvres tordues par un rictus de prisonnier en cavale.

— On ne peut pas dire le contraire », acquiesça Barbara Cavanaugh. Puis elle contempla le visage de son petit-fils. « Mike, tu devrais fermer les yeux et te reposer un petit peu. »

Il secoua la tête. « Je ne veux pas m'endormir. »

Il était onze heures moins une. Le présentateur disait : « D'après nos dernières informations, on est toujours sans nouvelles du petit Brian Dornan, âgé de sept ans, qui a disparu peu après cinq heures de l'après-midi aujourd'hui même.

« En cette nuit très particulière, nous vous demandons de continuer à prier afin que Brian soit rendu sain et sauf à sa famille et nous vous souhaitons à tous, ainsi qu'à ceux qui vous sont chers, un très joyeux Noël. »

Dans une heure ce sera Noël, pensa Catherine. *Brian, tu dois revenir, il faut qu'on te retrouve. Il faut que tu sois là demain matin lorsque nous irons voir papa. Brian, reviens. Reviens, je t'en prie.*

La porte du salon vert s'ouvrit. Leigh Ann Winick fit entrer un homme de haute taille d'une quarantaine d'années, suivi de l'inspecteur Manuel Ortiz. « L'inspecteur Rhodes désire vous parler, madame Dornan, dit Winick. Je reste à l'extérieur au cas où vous auriez besoin de moi. »

Catherine fut frappée par l'expression de gravité des deux policiers et la peur la paralysa. Elle se sentit incapable de faire un geste ou de prononcer une parole.

Ils devinèrent ses pensées. « Non, madame Dornan, il ne s'agit pas de ça », dit vivement Ortiz.

Rhodes prit la parole. « J'appartiens au quartier général, madame Dornan. Nous avons une information concernant Brian, mais laissez-moi d'abord vous dire que, d'après ce que nous savons, il est vivant et en bonne santé.

— Alors où est-il ? s'écria Michael. Où est mon frère ? »

Catherine écouta l'inspecteur Rhodes expliquer que son portefeuille avait été ramassé par une jeune femme qui était la sœur de Jimmy Siddons, le prisonnier évadé. Son esprit refusait d'accepter que son fils puisse avoir été kidnappé par le meurtrier dont elle venait de voir la photo sur l'écran de télévision. Non, se dit-elle, non, c'est impossible.

Elle désigna l'écran. « Ils ont annoncé que cet homme est probablement en route pour le Mexique. Brian a disparu il y a six heures. Il est peut-être déjà là-bas.

— Nous ne croyons pas à cette histoire, lui dit Rhodes. Nous pensons qu'il se dirige vers le Canada, probablement dans une voiture volée. Nous concentrons les recherches dans cette direction. »

Soudain Catherine ne ressentit plus aucune émotion. Comme lors de l'accouchement, quand on lui avait administré du Démérol et que toute la douleur avait miraculeusement cessé. *Elle avait vu Tom lui faire un clin d'œil. Tom, toujours là lorsqu'elle avait besoin de lui.* « *Ça va mieux, n'est-ce pas, ma chérie ?* » *avait-il dit. Et son esprit, libéré de la souffrance, était devenu si clair.* C'était la même chose maintenant. « Dans quel genre de voiture sont-ils ? »

Rhodes eut l'air embarrassé. « Nous l'ignorons, dit-il. Nous supposons seulement qu'il est en voiture, mais cette hypothèse est presque une certitude. Tous les agents de la police routière de New York et de la Nouvelle-Angleterre ont pour mission de rechercher un homme accompagné d'un petit garçon qui porte une médaille de saint Christophe.

— Brian porte la médaille ! s'exclama Michael. Alors tout ira bien. Granny, dis à maman que la médaille va sauver Brian comme elle a sauvé grand-père.

— Armé et dangereux, répéta Catherine.

— Madame Dornan, continua Rhodes d'un

ton pressant. Si Siddons est en voiture, il écoute probablement la radio. Il est malin. Maintenant que Bonardi est hors de danger, Siddons sait qu'il ne risque pas la condamnation à mort. La peine capitale n'avait pas été rétablie lorsqu'il a tué un policier il y a trois ans. Et il a dit à sa sœur qu'il relâcherait Brian demain matin. »

Elle avait les idées si claires. « Mais vous n'y croyez pas, n'est-ce pas ? »

Elle n'avait pas besoin de voir l'expression de son visage pour savoir que l'inspecteur Rhodes ne croyait pas que Jimmy Siddons relâcherait Brian de lui-même.

« Madame Dornan, si nous avons vu juste et que Siddons se dirige vers la frontière canadienne, il ne l'atteindra pas avant trois ou quatre heures. Bien que la neige ait cessé de tomber à certains endroits, les routes resteront encore très difficiles pendant toute la nuit. Il ne peut pas rouler vite, et il ignore que nous savons qu'il s'est emparé de Brian. Les médias n'ont pas été informés. Dans l'esprit de Siddons, Brian est un atout — du moins jusqu'à ce qu'il atteigne la frontière. Et nous le coincerons avant. »

L'écran de télévision était toujours allumé, le volume du son baissé. Catherine lui tournait le dos. Elle vit le visage de l'inspecteur Rhodes changer, entendit une voix dire : « Nous interrompons notre émission pour diffuser un bulletin spécial. D'après une information diffusée par WYME, le petit Brian Dornan, l'enfant qui a disparu depuis cet après-midi, serait entre les mains du meurtrier évadé, Jimmy Siddons. Jimmy a déclaré à sa sœur que, si la police s'approchait de lui, il tirerait une balle dans la tête de l'enfant. Nous vous tiendrons au courant dès que nous aurons de plus amples informations. »

17

Après le départ d'Aika, Cally se prépara une tasse de thé, s'enveloppa dans une couverture et mit en marche la télévision tout en coupant le son. Ainsi, se dit-elle, je saurai s'il y a quelque chose de nouveau. Puis elle alluma la radio et choisit une station qui diffusait des airs de Noël, réglant le volume au minimum.

Ecoutez le chant des anges... Frank et moi chantions cet air pendant que nous décorions le sapin, se souvint-elle. Cinq ans déjà. Leur seul Noël en commun. Ils venaient d'apprendre qu'elle était enceinte. Elle se rappelait les projets qu'ils avaient formés ensemble. « L'an prochain, nous aurons de l'aide pour arranger les guirlandes, disait Frank.

— Sûrement. Un bébé de trois mois nous sera d'une grande utilité », avait-elle répondu en riant.

Elle revoyait Frank la soulevant dans ses bras pour qu'elle puisse fixer l'étoile au sommet de l'arbre.

Pourquoi ?

Pourquoi tout avait-il si mal tourné ? Il n'y avait pas eu d'année prochaine. Une semaine plus tard, Frank avait été tué par un chauffard. Il était sorti acheter une bouteille de lait à l'épicerie du coin.

Nous avons eu si peu de temps, songea Cally, secouant la tête. Parfois elle se demandait si ces mois n'avaient pas été seulement un rêve. Tout ça semblait si loin.

Venez à la fête, que chacun s'apprête... « Adeste fideles. » Hier seulement, je me sentais si confiante en l'existence. À l'hôpital le directeur lui avait dit : « Cally, les rapports vous concernant sont excellents. Vous avez les qualités innées d'une infirmière. Avez-vous jamais songé à vous inscrire au centre de formation ? » Puis il lui avait parlé des conditions à remplir pour obtenir une bourse.

Ce petit garçon. Oh, mon Dieu, pourvu que Jimmy ne lui fasse pas de mal. J'aurais dû appeler l'inspecteur Levy tout de suite. Je sais que j'aurais dû le faire. Pourquoi ne l'ai-je pas fait ? La réponse lui vint immédiatement : je n'avais pas seulement peur pour Brian. J'avais peur pour moi aussi, et Brian pourrait le payer de sa vie.

Elle se leva pour aller voir Gigi. Comme chaque nuit, la petite fille avait sorti un pied de sous ses couvertures. C'était une habitude chez elle, même lorsqu'il faisait froid dans la pièce.

Cally borda les draps autour de sa fille, puis caressa le petit pied. Gigi remua. « Maman, murmura-t-elle d'une voix ensommeillée.

— Je suis là. »

Elle regagna la salle de séjour et jeta un coup d'œil à la télévision. Soudain, elle se précipita pour augmenter le son. Oh non ! Non ! pensa-t-elle en entendant le reporter expliquer que la police venait d'être informée que le petit garçon recherché avait été kidnappé par le meurtrier évadé, Jimmy Siddons. La police va mettre cette fuite sur mon compte, se dit-elle, affolée. Ils vont croire que je l'ai dit à quelqu'un. C'est ce qu'ils croiront, je le sais.

Le téléphone sonna. Lorsqu'elle décrocha et reconnut la voix de Mort Levy, son émotion trop longtemps contenue explosa. « Ce n'est pas moi, sanglota-t-elle. Je ne l'ai dit à personne. Je le jure. Je jure que je n'ai rien dit. »

Voyant la poitrine de Brian se soulever et s'abaisser régulièrement, Jimmy constata que son petit otage s'était endormi. Tant mieux, pensa-t-il. Ce gamin est trop malin. Assez malin pour savoir qu'en sautant de la voiture sur la voie de dégagement, il ne risquait pas de se faire écraser par une autre voiture. Si cet abruti n'avait pas fait un tête-à-queue et provoqué un accrochage, je serais cuit, à l'heure qu'il est. Le gamin se serait jeté hors de la voiture et la police m'aurait pris en chasse.

Il était onze heures. Le gosse devait être épuisé. Avec un peu de chance, il dormirait encore deux heures. En dépit de la neige, ils atteindraient la frontière dans trois ou quatre heures au maximum. Il fera encore nuit, pensa-t-il avec satisfaction. Il savait pouvoir compter sur Paige. Elle l'attendrait comme prévu du côté canadien. Ils avaient fixé le lieu de rendez-vous dans la forêt, à environ cinq kilomètres du poste-frontière.

Jimmy réfléchit au moyen de se débarrasser de la voiture. Une fois qu'il aurait effacé ses empreintes digitales, on ne pourrait pas établir le moindre lien entre lui et la Toyota. Peut-être l'abandonnerait-il dans un fossé au milieu des bois.

Mais par ailleurs... Il y avait le Niagara... le fleuve passait non loin du poste-frontière. Le courant y était si violent que l'eau ne serait pas gelée. Avec de la chance, la voiture ne remonterait jamais à la surface.

Et le gamin ? Alors même qu'il se posait la question, Jimmy sut qu'il ne pouvait prendre le risque que Brian soit retrouvé près de la frontière et puisse parler de lui.

Paige avait dit à tous ses amis qu'elle allait au Mexique.

Désolé, petit, pensa Jimmy. C'est là-bas que les flics doivent me chercher.

Cette décision prise, Jimmy sentit se dissiper la tension qui nouait ses muscles. A chaque kilomètre, il était plus confiant, plus sûr d'atteindre bientôt le Canada, d'y retrouver Paige et la liberté. Et à chaque kilomètre il était plus impatient — et plus résolu — de faire en sorte que rien ne vienne faire capoter ses plans.

Comme la dernière fois. Il avait tout planifié. Il avait la voiture de Cally, cent dollars et il était en route vers la Californie. Puis il avait brûlé ce maudit feu dans la Neuvième Avenue et s'était fait coincer. Le flic, un type d'une trentaine d'années, roulait des mécaniques. Il s'était approché de la fenêtre du conducteur et avait dit d'un ton sarcastique : « Papiers et permis de conduire, *monsieur.* »

136

Il n'aurait plus manqué qu'il voie ses papiers, pensa Jimmy, se remémorant l'épisode comme s'il s'était produit la veille. Un permis de conduire au nom de James Siddons ! Il n'avait pas eu le choix. Ce type l'aurait arrêté sur-le-champ. Il avait glissé la main dans sa poche de poitrine, sorti son arme, et tiré. Avant que le corps du flic n'ait touché le sol, Jimmy avait sauté de la voiture et s'était fondu dans la foule aux abords de la gare routière. Il avait regardé le tableau des départs, foncé acheter un billet pour un bus qui partait trois minutes plus tard, à destination de Detroit.

Une heureuse décision, se rappela-t-il. Il avait rencontré Paige le premier soir, s'était installé chez elle, avait dégoté de faux papiers et un boulot dans une minable société de gardiennage. Pendant un temps, Paige et lui avaient même mené une vie à peu près normale. Leurs seules disputes sérieuses avaient pour origine son exaspération de la voir encourager les types qui la draguaient dans sa boîte de strip-tease. Mais elle disait que c'était son job de leur donner envie de lui faire du gringue. Pour la première fois, tout marchait plutôt bien. Jusqu'au jour où il avait été assez bête pour braquer cette station-service sans avoir pris le temps d'inspecter les lieux.

Il concentra son attention sur la route blanche de neige qui se déroulait devant lui. La chaussée devenait vraiment glissante. Heureusement que la voiture avait des pneus neige. Il revit en esprit le couple qui en était propriétaire — qu'est-ce que ce type avait dit à sa femme ? Qu'il avait hâte de voir la tête de Bobby ? Ouais, c'était ça, se souvint Jimmy, avec un sourire sarcastique en imaginant leurs têtes à eux lorsqu'ils découvriraient la place vide à l'endroit où ils avaient garé leur voiture — ou plus vraisemblablement occupée par une autre voiture.

Il avait allumé la radio, la réglant sur une station locale qui diffusait les dernières prévisions de la météo, mais le son faiblissait et des parasites perturbaient l'écoute. Jimmy tourna impatiemment le bouton, chercha la chaîne des informations continues. Il se figea en entendant le speaker annoncer d'un ton fébrile : « La police a confirmé à regret la nouvelle diffusée par la station WYME, selon laquelle le petit Brian Dornan, disparu depuis cinq heures de l'après-midi, a été kidnappé par Jimmy Siddons, le meurtrier en fuite, dont on présume qu'il se dirige vers le Canada. »

Jimmy lâcha une bordée de jurons et éteignit la radio. Cally. C'est certainement elle qui a prévenu la police. L'autoroute doit grouiller de flics, tous à mes trousses — et à celles du gamin, se dit-il, affolé. Il lança un coup d'œil sur sa gauche, vers une voiture qui le dépassait. Et y a sûrement des douzaines de voitures banalisées dans les parages.

Du calme. Reste calme, se raisonna-t-il. Ils ignoraient encore quel type de voiture il conduisait. Il n'était pas assez idiot pour faire des excès de vitesse ou, au contraire, pour rouler si lentement qu'il attirerait l'attention.

Mais le gamin posait un problème. Il devait s'en débarrasser sur-le-champ. Il évalua rapidement la situation. Il allait quitter l'autoroute dès la prochaine sortie, s'occuper du môme, le faire

138

disparaître en moins de deux, et revenir sur la route. Il regarda l'enfant qui dormait près de lui. Dommage, bonhomme, mais c'est comme ça.

Sur la droite il vit le panneau indiquant la sortie. Parfait, pensa Jimmy, je vais prendre celle-là.

Brian bougea comme s'il s'apprêtait à se réveiller, puis il se rendormit. Dans un demi-sommeil, il avait cru entendre prononcer son nom. Il avait dû rêver.

18

Al Rhodes vit l'expression égarée qui envahissait le visage de Catherine Dornan au moment où elle comprit que Brian se trouvait aux mains de Jimmy Siddons. Il la regarda fermer les yeux, prêt à la soutenir si elle s'évanouissait.

Mais elle les rouvrit rapidement et entoura de son bras les épaules de son fils aîné. « N'oublions pas que Brian a la médaille de saint Christophe », dit-elle doucement. L'air crâne que Michael était parvenu à conserver depuis le début de l'épreuve l'abandonna. « Je ne veux pas qu'il arrive quelque chose à Brian », sanglota-t-il.

Catherine lui caressa les cheveux. « Il ne va rien lui arriver, dit-elle calmement. Crois-le. De toutes tes forces. »

Rhodes vit l'effort qu'elle faisait pour parler. Qui avait lâché aux médias que Brian Dornan se trouvait avec Jimmy Siddons ? Il aurait volontiers bousillé la figure du salaud qui avait mis si imprudemment en péril la vie de l'enfant. Sa rage décupla à la pensée que, si jamais Siddons écoutait la radio, sa première réaction serait de se débarrasser de Brian.

Catherine disait : « Maman, souviens-toi de papa nous décrivant cette veille de Noël en plein milieu de la bataille des Ardennes. Il avait vingt-deux ans à peine et on l'avait envoyé avec deux autres soldats de sa compagnie dans un bourg sur la ligne des combats. Tu devrais raconter cette histoire à Michael. »

Sa mère enchaîna. « On avait signalé des mouvements de l'ennemi mais il se révéla qu'il s'agissait d'une fausse nouvelle. En rejoignant leur compagnie, ils passèrent devant l'église du village. La messe de minuit venait de commencer. L'église était comble. Malgré le danger et la peur, chacun avait quitté sa maison pour assister au service. Les paroles de "Douce nuit" se répandaient jusqu'au milieu de la place. Grand-père racontait qu'il n'avait jamais rien entendu de plus merveilleux. »

Barbara Cavanaugh sourit à son petit-fils. « Ton grand-père et les autres soldats entrèrent dans l'église. Il me disait qu'ils étaient tous morts de peur jusqu'au moment où ils avaient pu mesurer la foi et le courage de ces villageois. Ces gens étaient pris au milieu de la bataille, ils n'avaient presque plus rien à manger, et pourtant ils croyaient qu'ils verraient la fin de cette horrible guerre. »

Sa lèvre inférieure se mit à trembler, mais sa voix resta ferme tandis qu'elle continuait : « C'est à ce moment-là que ton grand-père a *eu la certitude* qu'il rentrerait à la maison. Et une heure plus tard, la médaille a empêché une balle de lui traverser le cœur. »

Catherine détourna son regard de Michael et s'adressa à l'inspecteur Ortiz : « Pourriez-vous nous conduire à la cathédrale ? J'aimerais assister à la messe de minuit. Il faudrait nous placer à un endroit où vous puissiez nous joindre rapidement s'il se produit du nouveau.

— Je connais le bedeau, Ray Hickey, dit Ortiz. Je vais m'en occuper. »

Elle se tourna vers l'inspecteur Rhodes : « Vous me préviendrez tout de suite si vous avez des nouvelles... ?

— Bien sûr. » Il ne put s'empêcher d'ajouter : « Vous êtes très courageuse, madame Dornan. Et vous pouvez être certaine d'une chose : il n'est pas un membre de la police de ce pays qui ne soit décidé à vous ramener Brian sain et sauf.

— Je vous crois, et il ne me reste qu'à prier. »

« La fuite ne vient pas de l'un de nos hommes, déclara sèchement Mort Levy à Bud Folney. Apparemment, un petit malin de WYME surveillait l'immeuble de Cally, nous a vus y pénétrer, s'est douté de quelque chose et a suivi Aika Banks jusque chez elle. Il lui a raconté qu'il était flic et l'a fait parler. Son nom est Pete Cruise.

— Il a de la chance de ne pas être de chez nous. Une fois cette histoire finie, nous lui apprendrons à se faire passer pour un officier de police, dit Folney. En attendant, nous avons du boulot à faire ici. »

Il se tenait devant une grande carte du Nord-Est fixée au mur de son bureau. Elle était sillonnée de routes marquées de différentes couleurs. Folney saisit une baguette. « Voilà où nous en sommes, Mort. Nous devons présumer que Siddons avait une voiture à sa disposition lorsqu'il a quitté l'appartement de sa sœur. D'après elle, il est parti peu après six heures. Si nous ne nous trompons pas et s'il a pris la voiture immédiatement, il a déjà roulé pendant cinq heures et demie. »

La baguette se déplaça. « La zone de légères chutes de neige s'étend depuis New York jusqu'à Herkimer, la sortie 30 de l'autoroute. La neige s'intensifie en Nouvelle-Angleterre. Mais, même dans ces conditions, Siddons n'est probablement qu'à cinq ou six heures de la frontière, peut-être moins. »

Folney reposa la baguette. « Le retrouver tiendra du miracle », dit-il d'un air sombre.

Mort attendit. Il savait que son chef ne désirait pas de commentaires.

« Nous avons mis toute la zone en état d'alerte, continua Folney. Mais la circulation est dense et difficile et il peut encore nous échapper. Il est certain qu'un type comme Siddons sait comment pénétrer au Canada sans passer par un poste-frontière. » A présent, il attendait la réaction de Mort.

« Et si l'on provoquait un faux accident pour canaliser la circulation sur une seule voie ? proposa Mort.

— C'est une possibilité. Mais le trafic ralentirait en deux minutes, et Siddons pourrait tenter de quitter l'autoroute à la sortie la plus proche. Si nous mettions ce plan à exécution, il nous faudrait également dresser des barrages à toutes les sorties.

— Et si Siddons se sent piégé... ? » Mort Levy hésita. « Siddons est fêlé, monsieur. Cally Hunter croit son frère capable de se tuer avec Brian plutôt que de se laisser prendre. Je suppose qu'elle sait de quoi elle parle.

— Et si elle avait eu le cran de nous appeler dès la minute où Jimmy est parti de chez elle avec le môme, il ne serait pas sorti de Manhattan. »

Les deux hommes se retournèrent. Jack Shore se tenait dans l'embrasure de la porte. Il s'adressa à Bud Folney sans regarder Mort Levy : « Une nouvelle information, monsieur. Un policier de la route, Chris McNally, a acheté un hamburger il y a une vingtaine de minutes au drive-in entre Syracuse, sortie 39, et Weedsport, sortie 40. Il n'y a pas prêté attention sur le moment, mais la serveuse, une certaine Deidre Lenihan, lui a parlé d'un gosse qui portait une médaille de saint Christophe. »

Bud Folney demanda d'un ton cassant : « Où se trouve cette Deidre Lenihan en ce moment ?

— Son service prenait fin à vingt-trois heures. Sa mère nous a dit que son petit ami devait passer la prendre. On essaie de les retrouver. Mais si seulement Cally Hunter nous avait prévenus plus tôt, rien de tout ça ne serait arrivé, nous aurions pu surveiller tous les drive-in entre ici et... »

Bud Folney n'élevait pratiquement jamais la voix. Mais la frustration accumulée depuis que la poursuite de Jimmy Siddons avait débuté le fit soudainement exploser : « La ferme, Jack ! Vos "si seulement" ne nous sont d'aucune aide. Rendez-vous plutôt utile. Demandez aux stations de radio de toute la région de diffuser un message à l'intention de Deidre Lenihan, la priant de se mettre en rapport avec la police. Inventez n'importe quoi. Et pour l'amour du ciel, que personne ne fasse le rapprochement entre elle et Siddons ou l'enfant. Compris ? »

19

De son poste d'observation au bord de la route, Chris McNally surveillait attentivement les voitures qui passaient devant lui. Il ne neigeait plus, mais la chaussée demeurait glissante. Du moins les conducteurs se montraient-ils prudents, même s'ils étaient exaspérés d'avoir à se traîner à cinquante à l'heure. Depuis qu'il avait acheté son hamburger, il n'avait arrêté qu'un seul conducteur, un frimeur au volant d'une voiture de sport.

Bien qu'il restât concentré sur le trafic de l'autoroute, il avait l'esprit occupé par la disparition de ce petit garçon. Dès qu'on avait diffusé la nouvelle de son enlèvement par le meurtrier d'un policier, et précisé qu'il portait une médaille de saint Christophe, Chris avait téléphoné au McDonald's du drive-in où il s'était arrêté et demandé à s'entretenir avec Deidre Lenihan, la jeune femme qui l'avait servi. Même s'il l'avait écoutée d'une oreille distraite, il se souvenait de l'avoir entendue parler d'une médaille et d'un petit garçon. Il regretta de ne pas lui avoir prêté plus d'attention, surtout quand il apprit qu'elle était sortie pour la soirée avec son ami.

Malgré la minceur de l'information, il avait néanmoins transmis à ses supérieurs l'existence de cette piste éventuelle. Ils avaient décidé qu'elle valait la peine d'être explorée et demandé à la station de radio locale de diffuser un appel à l'attention de Deidre, la priant d'appeler le quartier général de la police routière. La mère de Deidre leur avait fourni une description de la voiture du petit ami, ils avaient ensuite obtenu le numéro de sa plaque minéralogique et lancé un avis de recherche pour les retrouver.

La mère de Deidre leur avait également dévoilé que cette soirée serait sans doute très spéciale pour sa fille, que son ami lui avait laissé entendre qu'il voulait lui offrir une bague de fiançailles pour Noël. Ils n'étaient probablement pas sur la route en ce moment, mais dans un endroit plus romantique.

A supposer que Deidre entende l'appel à la radio et les contacte, que pourrait-elle leur dire ? Qu'elle avait vu un gamin qui portait une médaille de saint Christophe ? Ils le savaient déjà. Avait-elle repéré la marque et le modèle de la voiture ? Avait-elle relevé le numéro d'immatriculation ? D'après ce que Chris savait de Deidre, toute brave fille qu'elle soit, elle n'était pas très vive, et son esprit d'observation était limité. Il était vraiment improbable qu'elle puisse fournir davantage d'informations intéressantes.

Tout ça ne faisait qu'ajouter au sentiment de frustration de Chris. Et Si j'avais approché moi-même ce gosse, pensa-t-il. J'aurais pu être dans la queue derrière eux au McDonald's — pourquoi n'ai-je rien remarqué de plus ?

La pensée qu'il s'était peut-être trouvé à quelques pas de l'enfant kidnappé le rendait fou. Mes enfants sont à la maison en ce moment, se rappela-t-il. Ce petit garçon devrait lui aussi être en famille. Le problème, songea-t-il, se rappelant sa conversation avec Deidre, c'était que la voiture transportant l'enfant pouvait être passée là-bas quelques minutes ou une heure avant qu'elle ne lui raconte cette histoire. Malgré tout, c'était le seul indice auquel se raccrocher, aussi devaient-ils le traiter avec sérieux.

Sa radio grésilla. C'était le quartier général. « Chris, lui annonça-t-on. Le boss veut te parler.

— OK. »

La voix de son supérieur s'éleva, pressante : « Chris, la police de New York estime que votre indice est sans doute ce qui nous donne la meilleure chance de sauver la vie de ce gosse. Nous allons continuer à battre la campagne pour retrouver cette Deidre Lenihan, mais en attendant, creusez-vous les méninges. Tâchez de vous rappeler si elle vous a dit autre chose, quelque chose qui pourrait nous aider...

— Je vais essayer, monsieur. Je suis sur le Thruway en ce moment. Avec votre accord, j'aimerais me diriger vers l'ouest. Si ce type se trouvait dans la queue du drive-in à peu près en même temps que moi, il a environ dix à quinze minutes d'avance. Si j'arrive à rattraper une partie de mon retard sur lui, j'aimerais être dans les parages quand nous aurons des nouvelles de Deidre. Je voudrais me trouver sur place lorsqu'on l'épinglera.

— OK, allez-y. Et, Chris, pour l'amour du ciel, *réfléchissez*. Etes-vous certain qu'elle n'a rien dit

149

de plus précis sur l'enfant avec sa médaille ou sur la voiture dans laquelle il voyageait ? »

Juste.

Le mot revint brusquement à l'esprit de Chris. Était-ce pur produit de son imagination, ou Deidre avait-elle dit : « Je viens juste de voir un gosse qui portait une médaille de saint Christophe » ?

Il secoua la tête. Il n'en était pas certain. Il savait que la voiture devant lui dans la queue était une Toyota marron immatriculée dans l'État de New York.

Mais il n'y avait pas d'enfant à l'intérieur, en tout cas pas à sa connaissance. Ça, au moins, il en était sûr.

Pourtant... si Deidre avait dit *juste*, peut-être parlait-elle de la Toyota. Quel était son numéro d'immatriculation ? Il ne parvenait pas à s'en souvenir. Mais il avait remarqué quelque chose à son propos. Quoi ?

« Chris ? » La voix cassante de son chef le tira de sa rêverie.

« Excusez-moi, chef, j'essayais de me remémorer les détails. Dans mon souvenir, Deidre a dit qu'elle venait *juste* de voir l'enfant qui portait la médaille. Si elle parlait littéralement, il pourrait s'agir de la voiture qui était immédiatement devant moi dans la queue. Une Toyota marron immatriculée dans l'État de New York.

— Vous souvenez-vous d'une partie du numéro ?

— Non, j'ai un blanc. Je devais avoir l'esprit ailleurs.

— Et la voiture ? Y avait-il un enfant à l'intérieur ?

— Je n'en ai pas vu.

— Tout cela ne nous aide pas beaucoup. Une voiture sur trois est sans doute une Toyota, et cette nuit elles sont tellement sales qu'on ne peut distinguer leur couleur. Elles paraissent probablement toutes marron.

— Non, celle-ci était véritablement marron. C'est une chose dont je suis certain. J'aimerais seulement me rappeler les mots exacts de Deidre.

— Bon, ne vous cassez pas la tête. Espérons que nous aurons des nouvelles de la serveuse, et en attendant j'envoie une voiture pour vous relever. Dirigez-vous vers l'ouest. Nous vous contacterons plus tard. »

J'ai au moins l'impression d'être utile à quelque chose, se dit Chris en coupant la communication avant de tourner la clé de contact et d'appuyer sur le champignon.

La voiture bondit en avant. S'il est une chose que je sais faire, c'est conduire, songea-t-il, ironique, en s'engageant avec détermination sur la voie de dégagement de l'autoroute, dépassant les autres véhicules qui progressaient prudemment.

Tout en roulant, il continua à chercher ce qu'il avait exactement vu devant lui. C'était là quelque part, imprimé dans son cerveau, il en était certain. Si seulement il pouvait s'en souvenir ! Il avait l'impression que son subconscient lui criait l'information. Mais il ne l'entendait pas.

En attendant, chaque fibre de son être l'avertissait que les minutes étaient comptées pour le gamin disparu.

Jimmy bouillait de colère. Avec toutes ces voitures qui se traînaient comme des escargots, il lui avait fallu une demi-heure pour atteindre la sortie suivante. Il savait qu'il était *urgent* de quitter l'autoroute s'il voulait se débarrasser du môme. Un panneau lui indiqua qu'il se trouvait à un kilomètre de la sortie 41 et d'une ville appelée Waterloo. Le Waterloo du gosse, pensa-t-il avec un sourire cynique.

La neige avait cessé, mais il n'était pas certain d'y gagner. La neige fondue se transformait en verglas, le ralentissant encore davantage. En outre, sans la neige, un flic passant à sa hauteur le repérerait plus facilement.

Il passa sur la voie de droite. Dans une minute, il aurait quitté l'autoroute. Soudain, les feux arrière de la voiture qui le précédait s'allumèrent et Jimmy vit avec fureur et désespoir les roues arrière déraper. « Abruti ! hurla-t-il. Abruti ! Abruti ! Abruti ! »

Brian se redressa brusquement, les yeux écarquillés, complètement réveillé. Jimmy se mit à jurer, lâchant une bordée d'invectives, puis comprit ce qui était arrivé. Un chasse-neige, quatre ou cinq voitures en avant, venait de se rabattre sur la droite pour emprunter la sortie. Instinctivement, il regagna la voie du milieu et évita de justesse la voiture qui avait dérapé. Mais au moment où il arrivait à la hauteur du chasse-neige, il s'aperçut qu'il venait de dépasser la sortie 41.

Il frappa le volant de son poing. Il ne lui restait plus qu'à attendre la sortie 42. À quelle distance se trouvait-elle ?

En regardant derrière lui la bretelle qu'il avait ratée, il remercia sa bonne étoile. Un accident venait de s'y produire, sans doute quelques minutes auparavant. Voilà pourquoi le chasse-neige avait changé de voie. S'il avait pris ce chemin, il aurait pu rester coincé là pendant des heures.

Il aperçut enfin un panneau indiquant que la prochaine sortie était distante de dix kilomètres. Même en roulant à cette allure de tortue, il ne mettrait pas plus de quinze minutes. Les pneus avaient une meilleure adhérence. On avait dû sabler cette portion de route. Jimmy tâta son revolver dans l'étui sous sa veste. Valait-il mieux le retirer et le cacher sous le siège ?

Non. Au cas où un flic tenterait de l'arrêter, il préférait l'avoir à portée de la main. Il jeta un coup d'œil au compteur kilométrique. Il l'avait remis à zéro au moment de prendre la route avec le gamin. Il indiquait qu'ils avaient parcouru un peu plus de cinq cents kilomètres.

Il restait encore un long chemin à faire, mais se savoir aussi près de la frontière et de Paige lui procurait une sensation si vive qu'il en sentait presque le goût. Ça marcherait, cette fois, il ne serait pas assez stupide pour se faire prendre.

Jimmy sentit le gamin bouger à côté de lui, s'efforçant de se rendormir. Quelle folie ! Il aurait dû s'en débarrasser cinq minutes après l'avoir enlevé. Il avait la voiture et le fric. Comment avait-il pu croire qu'il lui serait utile ?

Avec une impatience douloureuse, il attendait le moment où il serait libéré de ce mouflet, et définitivement tiré d'affaire.

L'inspecteur Ortiz accompagna Catherine, sa mère et Michael jusqu'à l'entrée de la cathédrale St. Patrick qui donnait dans la 50ᵉ Rue. Un agent de la sécurité les attendait à l'extérieur. « Nous avons des places réservées pour vous, madame », dit-il à Catherine en leur ouvrant la lourde porte.

L'harmonie admirable de l'orchestre et du chœur, dominés par les grandes orgues, emplissait l'immense cathédrale déjà bondée de fidèles.

Alléluia, alléluia, chantait le chœur.

Alléluia, pensa Catherine. Plaise à Dieu, oui, que la nuit finisse ainsi.

Ils passèrent devant la crèche où les statues grandeur nature représentant la Vierge, Joseph et les bergers étaient rassemblées autour du petit tas de paille destiné à recevoir l'Enfant Jésus au cours de la messe.

L'agent les conduisit à leurs places, au second rang de la travée du milieu. Catherine fit signe à sa mère de passer en premier. Elle murmura : « Mets-toi entre nous deux, Mike. » Elle voulait rester à l'extrémité de la rangée, pouvoir être prévenue immédiatement.

L'inspecteur Ortiz se pencha vers elle : « Madame Dornan, si nous apprenons quelque chose, je viendrai sur-le-champ vous chercher. Sinon, dès la messe terminée, l'agent de la sécurité vous fera sortir en premier et je vous attendrai dehors dans la voiture.

— Merci », dit Catherine. Elle s'agenouilla. La musique s'amplifia en une hymne triomphale tandis que s'avançait la procession — enfants de chœur, répondants, diacres, prêtres et évêques, précédant le cardinal qui portait la crosse. *Agneau de Dieu*, pria Catherine, *pitié, pitié, sauvez mon agneau.*

Le regard toujours rivé sur la carte fixée au mur de son bureau, l'inspecteur général Folney savait qu'à chaque minute diminuaient les chances de retrouver Brian vivant. Mort Levy et Jack Shore étaient assis en face de lui, de l'autre côté de son bureau.

« Le Canada, dit-il d'un ton catégorique. Il se dirige vers le Canada et il se rapproche de la frontière. »

D'autres informations venaient de leur parvenir du Michigan. Paige Laronde avait fermé tous ses comptes en banque le jour où elle avait quitté Detroit. Et elle avait confié à une autre strip-teaseuse qu'elle connaissait un type imbattable dans la confection des faux papiers d'identité.

Elle lui aurait déclaré : « Crois-moi, avec le genre de papiers qu'ils nous a fabriqués, nous pouvons tout bonnement *disparaître*, mon jules et moi. »

« Si Siddons passe la frontière..., marmonna

156

Bud Folney plus pour lui-même qu'à l'intention des autres. Rien de nouveau du côté de l'autoroute ? demanda-t-il pour la troisième fois en quinze minutes.

— Rien, monsieur, répondit Mort.

— Appelez-les. Je veux leur parler. »

Après avoir entendu le chef de Chris McNally lui confirmer qu'il n'y avait rien de nouveau, Bud décida de joindre McNally en personne.

« Ça va sûrement nous avancer », grommela Jack Shore.

Mais avant que Folney entre en communication avec McNally, un autre appel leur fut transmis. « On a une nouvelle piste, annonça un agent en se précipitant dans le bureau de Folney. Siddons et le gosse ont été vus dans le Vermont par un policier de la sécurité routière il y a environ une heure sur une aire de repos de la route 91 près de White Water Junction. L'homme correspondrait exactement à la description de Siddons et le garçon porte une sorte de médaille.

— Laissez tomber McNally, ordonna sèchement Folney. Je veux d'abord parler à ce policier. Et contactez immédiatement la police du Vermont, qu'ils dressent des barrages à toutes les sorties au nord de l'endroit où ils ont été repérés. Qui sait, sa nana l'attend peut-être planquée dans une ferme de ce côté-ci de la frontière. »

Il s'adressa ensuite à Mort. « Appelez Cally Hunter et racontez-lui ce que nous venons d'apprendre. Demandez-lui si, à sa connaissance, Jimmy est déjà allé dans le Vermont et, si oui, dans quel coin ? Il se dirige peut-être vers un endroit en particulier. »

21

Brian se rendait compte qu'ils roulaient plus vite. Il ouvrit les yeux et les referma aussitôt. Il préférait rester recroquevillé sur son siège en faisant mine de dormir, plutôt que d'avoir à dissimuler sa peur quand Jimmy le regardait.

Il avait aussi écouté la radio. Même avec le son réglé au minimum, il avait compris ce qu'ils disaient, que l'assassin d'un policier, un dénommé Jimmy Siddons, après avoir tiré sur un gardien de prison, avait enlevé Brian Dornan.

Sa mère leur avait lu, à Michael et lui, un livre intitulé *Kidnapped*. L'histoire avait beaucoup plu à Brian, mais lorsqu'ils étaient montés se coucher, Michael lui avait dit que c'était complètement idiot. Il avait dit que si un type essayait de l'enlever, il lui taperait dessus, lui flanquerait des coups de pied et s'enfuirait.

Eh bien, je ne peux pas m'enfuir, pensa Brian. Et ce n'était pas la peine d'essayer de flanquer des coups à Jimmy, ça ne marcherait pas, il en était certain. Si seulement il avait pu ouvrir la portière tout à l'heure, et sauter de la voiture ainsi qu'il en avait eu l'intention. Il se serait mis en boule, exactement comme on le leur avait appris en classe de gym. Il s'en serait très bien tiré.

Mais maintenant la portière de son côté était verrouillée et Jimmy lui empoignerait le bras avant même qu'il ait pu la débloquer et l'ouvrir.

Il avait envie de pleurer. Il sentait son nez se remplir et ses yeux se mouiller. Il essaya de se dire que Michael le traiterait de mauviette. Ça l'aidait parfois de penser à son frère, lorsqu'il s'efforçait de ravaler ses larmes.

En vérité, ça ne lui était d'aucun secours en ce moment. Même Michael aurait probablement pleuré s'il avait eu peur et envie de faire pipi à nouveau. Et ils venaient d'annoncer à la radio que Jimmy était dangereux.

Brian pleurait sans bruit. Les larmes ruisselaient lentement sur ses joues, sans qu'il les essuie. Au moindre geste, Jimmy saurait qu'il était réveillé, et pour l'instant il devait faire semblant de dormir.

Il serra la médaille de saint Christophe encore plus fort et pensa au moment où papa rentrerait à la maison, et où ils décoreraient le sapin de Noël et ouvriraient les cadeaux. Avant leur départ pour New York, Mme Emerson, la voisine, était venue leur dire au revoir, et il l'avait entendue promettre à sa maman : « Catherine, le soir où vous dresserez votre arbre, nous viendrons tous chanter des hymnes de Noël sous vos fenêtres. »

Puis elle avait pressé Brian dans ses bras : « Je *sais* quel est ton air préféré.

— "Douce nuit". » Il l'avait chanté tout seul à la fête de Noël des plus petits l'an dernier.

Il essaya de le fredonner en silence... mais il ne put aller plus loin que les premières notes. S'il continuait à y penser, Jimmy s'apercevrait qu'il pleurait.

Soudain, il faillit sursauter. Quelqu'un à la radio parlait encore de Jimmy et de lui. L'homme disait qu'un policier était sûr d'avoir vu Jimmy Siddons et un petit garçon dans une vieille Chevrolet ou une vieille Dodge sur une aire de repos de la route 91 dans le Vermont, et que les recherches se concentraient dans cette région.

Le sourire de Jimmy s'évanouit aussi vite qu'il était apparu. La bouffée de soulagement éprouvée en entendant le bulletin d'informations fit place à de la méfiance. Un imbécile prétendait les avoir aperçus dans le Vermont ? C'était possible. A l'époque où il se planquait dans le Michigan, un clodo avait juré l'avoir vu dans le Delaware. Lorsqu'ils l'avaient pincé à la station-service et ramené à New York, Jimmy avait appris que les flics étaient restés en état d'alerte dans le Delaware pendant des mois.

Même dans ces conditions, il se sentait de moins en moins rassuré sur le Thruway. La route était dégagée et il arriverait sans doute à l'heure prévue, mais plus la frontière se rapprochait, plus il y aurait de flics. Une fois sorti de l'autoroute et débarrassé du gosse, il bifurquerait sur la route 20. Tant qu'il ne neigeait pas, ça ne lui prendrait pas plus de temps.

Fie-toi à ton intuition... La seule fois où il ne l'avait pas fait, c'était le jour où il avait voulu

161

braquer cette station-service. Encore aujourd'hui il se souvenait d'avoir pressenti que les choses allaient mal tourner. Bon, ça ne sera pas le cas cette nuit, se promit-il, jetant un regard vers Brian. Puis, relevant les yeux, il ricana. Le panneau devant lui indiquait : SORTIE 42, GENEVA, 1 500 MÈTRES.

Chris McNally s'était aperçu du télescopage sur la bretelle de la sortie 41. Deux voitures de police étaient déjà sur place, aussi jugea-t-il inutile de s'arrêter. Il avait roulé vite et espérait avoir rattrapé toutes les voitures qui s'étaient trouvées devant lui dans la queue du McDonald's.

A condition, bien entendu, qu'elles n'aient pas emprunté une des sorties précédentes.

Une Toyota marron. C'était cette voiture-là qu'il cherchait. Il devait absolument la retrouver. Il le savait. Qu'y avait-il donc de spécial à propos de sa plaque minéralogique ? Il serra les dents, cherchant désespérément à rassembler ses souvenirs. Elle lui avait rappelé quelque chose. Réfléchis, bon sang, se dit-il, *réfléchis*.

Il ne crut pas une seconde à l'information selon laquelle Siddons et le gosse avaient été aperçus dans le Vermont. Son instinct lui disait qu'ils n'étaient pas loin.

La sortie 42 pour Geneva se rapprochait. Cela signifiait que la frontière n'était plus qu'à cent soixante kilomètres. La plupart des voitures roulaient entre quatre-vingts et cent à l'heure, à présent. Si Jimmy Siddons était dans les

162

parages, il pouvait espérer avoir quitté le pays dans moins de deux heures.

Qu'est-ce que la plaque de cette Toyota avait de particulier, bon Dieu ?

Les yeux de Chris se plissèrent. Sur la voie de gauche, une Toyota de couleur sombre roulait à vive allure. Il changea de file, se porta à sa hauteur et jeta un coup d'œil à l'intérieur, espérant y voir un homme seul ou un homme accompagné d'un jeune garçon. Faites que je retrouve cet enfant, pria-t-il. Faites que j'aie cette chance.

Sans actionner ni sa sirène ni son gyrophare, Chris dépassa la Toyota. Il avait vu un jeune couple à l'intérieur. L'homme conduisait un bras passé autour des épaules de la fille, une attitude discutable sur une route aussi glissante. Dans d'autres circonstances, il aurait verbalisé.

Chris appuya sur l'accélérateur. La route était plus dégagée, les voitures espacées. Et elles roulaient de plus en plus vite, se rapprochant de plus en plus du Canada.

Sa radio était en position de veille quand un appel lui parvint : « Agent McNally ?

— Oui.

— Bud Folney à l'appareil, inspecteur général de la police de New York. Je vous appelle du One Police Plaza. Je viens à l'instant de parler à votre supérieur. Le Vermont est une fausse piste. Impossible de retrouver la serveuse. Rappelez-moi ce que vous avez rapporté précédemment à propos d'une Toyota marron. »

Sachant que son chef ne s'était pas intéressé à

son histoire, Chris devina que Folney voulait tirer de lui tout ce qu'il savait.

Il expliqua que, si la voiture signalée par Deidre était celle qui se trouvait devant lui dans la queue du McDonald's, il s'agissait d'une Toyota marron immatriculée à New York.

« Et vous ne vous souvenez pas de l'immatriculation ?

— Non, monsieur. » Chris aurait voulu étouffer les mots dans sa gorge. « Mais elle avait quelque chose d'inhabituel. »

Il arrivait à la hauteur de la sortie 42. Devant lui, deux voitures plus loin, un véhicule se rabattait pour emprunter la sortie. Son regard se figea. « Bon Dieu !

— McNally ? Qu'y a-t-il ? » À New York, Bud Folney comprit instinctivement qu'il se passait quelque chose.

« C'est elle ! s'écria Chris. Ce n'était pas la plaque minéralogique qui m'avait frappé. C'était l'autocollant sur le pare-chocs. Il n'en reste qu'un morceau, le mot héritage. Monsieur, je suis juste derrière cette Toyota sur la bretelle de sortie. Pouvez-vous vérifier le numéro d'immatriculation ?

— Ne la perdez pas de vue, aboya Bud. Et restez en ligne. »

Trois minutes plus tard le téléphone sonnait dans l'appartement 8C du 10 Stuyvesant Oval, dans le bas de Manhattan. D'une voix ensommeillée et inquiète, Edward Hillson répondit. « Allô ? » Il sentit sa femme lui saisir nerveusement le bras.

164

« Quoi ? Ma voiture ? Je l'ai garée au coin de la rue vers cinq heures de l'après-midi. Non, je ne l'ai prêtée à personne. Oui, c'est une Toyota marron. Qu'est-ce que vous dites ? »

Bud Folney revint à Chris. « Je crois que vous le tenez, mais pour l'amour du ciel, n'oubliez pas qu'il a menacé de tuer l'enfant avant de se laisser capturer. Soyez prudent. »

22

Michael avait tellement sommeil. Tout ce qu'il aurait voulu, c'était s'appuyer contre Granny et fermer les yeux. Mais il n'osait pas, pas avant d'être sûr que Brian était sauvé. Michael s'efforça de contenir la peur qui le tenaillait. Pourquoi ne m'a-t-il pas prévenu s'il a vu cette femme prendre le portefeuille de maman ? J'aurais pu courir derrière elle avec lui, et l'aider quand ce type l'a attrapé.

Le cardinal se tenait devant l'autel, à présent. Mais lorsque la musique s'arrêta, au lieu de commencer la célébration de la messe, il prit la parole. « En cette nuit de joie et d'espérance... »

Sur la droite, Michael aperçut les caméras de télévision. Il avait toujours pensé que ce devait être amusant de passer à la télévision, surtout dans les émissions où l'on gagnait quelque chose, ou lorsque vous étiez invité à assister à un grand événement. Ce soir, quand il était apparu en même temps que maman, il n'avait pas trouvé ça drôle du tout.

C'était affreux d'entendre maman supplier les gens de l'aider à retrouver Brian.

« En cette année qui a vu tant de violences infligées à des innocents... »

Michael se redressa. Le cardinal parlait d'eux, de papa qui était malade et de Brian qui avait disparu et se trouvait sans doute entre les mains de cet assassin en fuite. Il disait : « La mère de Brian Dornan, sa grand-mère et son frère sont parmi nous en cette nuit de Noël. Nous prierons particulièrement pour que le Dr Thomas Dornan se rétablisse et que Brian soit retrouvé sain et sauf. »

Maman et Granny pleuraient toutes les deux. Michael vit leurs lèvres remuer et il sut qu'elles priaient. Sa prière se limita au conseil qu'il aurait donné à Brian si celui-ci avait pu l'entendre : *Sauve-toi, Débile, sauve-toi.*

Maintenant qu'il avait quitté le Thruway, Jimmy se sentait un peu plus rassuré, malgré l'impression lancinante d'être cerné.

Il ne lui restait pas beaucoup d'essence mais il ne voulait pas prendre le risque de s'arrêter dans une station-service avec le gamin à bord de la voiture. Il était sur la route 14 sud. Elle rejoignait la route 20 dans une douzaine de kilomètres. La route 20 menait à la frontière.

Il y avait beaucoup moins de circulation que sur l'autoroute. La plupart des gens étaient rentrés chez eux à cette heure, ils dormaient ou se préparaient pour le matin de Noël. Il était improbable qu'on le recherche par ici. Néanmoins, calcula-t-il, le plus prudent était de rentrer dans Geneva, de trouver une zone boisée ou un parking, celui d'une école, par exemple, lui

168

permettant de s'arrêter sans se faire remarquer, et d'accomplir ce qu'il avait décidé.

En s'engageant dans la première rue sur sa droite, il regarda dans le rétroviseur. Il sursauta, soudain aux aguets. Il croyait avoir vu des phares au moment où il tournait, mais maintenant il ne les voyait plus.

Je deviens trop nerveux, se dit-il.

Mais à deux cents mètres de là, il eut l'impression soudaine d'être entré dans un autre monde. Aussi loin que le regard portait, il n'y avait pas une voiture en vue. Ils étaient dans un quartier résidentiel, paisible et sombre. La plupart des maisons étaient plongées dans l'obscurité, à l'exception de quelques-unes encore éclairées par des guirlandes de Noël tendues sur les arbustes au milieu des pelouses couvertes de neige.

Il n'était pas certain que le gamin dorme vraiment. Peut-être faisait-il semblant ? Peu importait en fait. C'était le genre d'endroit qu'il lui fallait. Il parcourut encore trois cents mètres et aperçut ce qu'il cherchait : une école, avec une longue allée qui conduisait sans doute à un parking.

Sans que rien n'échappe à son regard, il scruta les alentours, à l'affût d'un signe annonçant la présence d'une voiture ou de quelqu'un. Puis il stoppa, baissa la vitre à moitié et écouta, épiant le moindre bruit inquiétant. Le froid immédiatement embua son haleine. Il n'entendit rien, hormis le ronronnement du moteur de la Toyota. Tout était calme. Silencieux.

Malgré tout, voulant s'assurer qu'il n'était pas

suivi, il décida de refaire le tour du pâté de maisons.

Il appuya sur l'accélérateur et commença à rouler lentement, le regard fixé dans le rétroviseur. Bon Dieu. Il ne s'était pas trompé. Il y avait une voiture derrière lui, qui avançait phares éteints. Elle s'approchait. Les lumières d'un arbre illuminé se réfléchirent sur son toit, éclairant le gyrophare.

Une voiture de police. Des flics ! Qu'ils crèvent, jura Jimmy à mi-voix. Qu'ils crèvent ! Qu'ils crèvent tous ! Il appuya sur l'accélérateur. C'était peut-être la dernière fois qu'il tenait un volant entre les mains, mais il allait s'en donner à cœur joie !

Il jeta un regard vers Brian. « Arrête de jouer la comédie. Je sais que tu es réveillé. J'aurais dû te buter dès le début. Maudit gosse. »

Jimmy conduisait pied au plancher. Un bref coup d'œil dans le rétroviseur lui confirma que la voiture qui le suivait avait accéléré elle aussi et qu'elle lui collait ouvertement au train. Mais, jusqu'à présent, elle semblait être la seule de son espèce.

Visiblement, Cally avait révélé aux flics qu'il détenait le gosse. Elle leur avait également dit sans doute, qu'il le tuerait s'ils tentaient de l'appréhender. Si ce flic qu'il avait aux trousses était au courant, ça expliquait pourquoi il n'essayait pas de l'arrêter tout de suite.

Il consulta rapidement le compteur : quatre-vingts... cent... cent dix. Foutue bagnole ! pensa Jimmy, regrettant soudain de ne pas avoir un engin plus puissant qu'une Toyota. Il se courba sur le volant. Il ne pouvait pas les semer, mais il lui restait une chance de s'en tirer.

Le type qui le poursuivait n'avait pas encore reçu de renforts. Que ferait-il s'il voyait le gosse balancé hors de la voiture ? Il s'arrêterait pour essayer de lui venir en aide, raisonna Jimmy. Il lui fallait agir vite, avant que l'autre n'ait le temps de demander des renforts.

Il plongea la main à l'intérieur de sa veste et en sortit son revolver. Au même moment, la Toyota toucha une plaque de verglas et se mit à déraper. Jimmy laissa tomber l'arme sur ses genoux, contre-braqua, parvint à redresser la voiture à quelques centimètres d'un arbre planté au bord du trottoir.

Je suis le meilleur au volant, se félicita-t-il avec une grimace sinistre. Puis il reprit le revolver et dégagea le cran de sûreté. Si ce flic s'arrête pour secourir le gosse, j'aurai le temps de passer au Canada, se promit-il. Il débloqua la portière du côté passager et s'apprêta à l'ouvrir, étendant le bras par-dessus l'enfant terrifié.

23

Cally devait appeler le quartier général de la police pour savoir s'ils avaient des nouvelles du petit Dornan. Elle ne pensait pas que Jimmy chercherait à entrer au Canada par le Vermont. Elle l'avait dit à l'inspecteur Levy : « Il a eu des ennuis là-bas à l'âge de quinze ans. Il n'y a jamais fait de prison, mais je crois qu'un shérif lui a vraiment fait peur. Il l'a prévenu qu'il avait une mémoire infaillible et lui a conseillé de ne jamais remettre les pieds dans le Vermont. L'incident remonte à dix ans au moins, mais Jimmy est superstitieux. A mon avis, il va rester sur l'autoroute. Il s'est rendu au Canada à deux reprises lorsqu'il était jeune, et à chaque fois il a pris cette route. »

Levy l'avait écoutée. Elle savait qu'il était prêt à lui faire confiance, et elle priait pour qu'il la croie. Elle espérait aussi ne pas s'être trompée et qu'ils ramèneraient l'enfant sain et sauf. Ainsi sa contribution, même mineure, aurait été utile. Quelqu'un d'autre que Levy lui répondit au téléphone et la pria d'attendre. Puis Levy prit l'appareil. « Qu'y a-t-il, Cally ?

— Je voulais juste savoir si vous aviez des

nouvelles... J'espérais vous avoir aidés en disant que Jimmy avait sans doute emprunté le Thruway. »

La voix de Levy s'adoucit malgré son ton pressé. « Cally, vous nous avez été très utile et nous vous en sommes reconnaissants. Je ne peux en dire davantage pour le moment, mais continuez à espérer et à prier Dieu qu'Il nous aide. »

Cela signifie qu'ils ont probablement repéré Jimmy, pensa-t-elle. Mais qu'était devenu Brian ?

Elle tomba à genoux. *Peu importe ce qu'il adviendra de moi*, dit-elle dans sa prière. *Arrêtez Jimmy avant qu'il ne fasse du mal à cet enfant.*

Chris McNally avait instantanément compris que Jimmy se savait suivi. Il était en liaison radio avec son quartier général et le One Police Plaza. « Il sait qu'il est suivi, rapporta-t-il. Il roule à toute berzingue.

— Ne le perdez pas de vue, fit Bud Folney calmement.

— Une douzaine de voitures vont te rejoindre, Chris, le prévint-on depuis le poste de commandement. Elles roulent sans sirène et en veilleuse. On envoie aussi un hélico.

— Dis-leur d'être discrets ! » Chris pressa sur l'accélérateur. « Il roule à cent dix. Il y a peu de voitures dehors, mais les rues ne sont pas complètement déblayées. Ça devient dangereux. »

Au moment où Siddons s'engageait dans un croisement, Chris le vit avec horreur manquer de heurter de plein fouet une autre voiture. Siddons conduisait comme un malade. Un accident allait arriver, c'était sûr. « Il traverse Lakewood Avenue », annonça-t-il. Deux cents mètres plus loin il vit la Toyota déraper et éviter de peu un arbre. Un instant plus tard, il hurla : « L'enfant !

— Que se passe-t-il ? demanda Folney d'un ton impérieux.

— La porte du passager vient de s'ouvrir. Le plafonnier est allumé et je vois le gosse qui se débat. Seigneur... Siddons a sorti son revolver. On dirait qu'il va lui tirer dessus. »

24

Kyrie eleison, chantait le chœur. *Dieu, prends pitié de nous,* priait Barbara Cavanaugh.

Sauvez mon agneau, suppliait Catherine.

Sauve-toi, Débile, sauve-toi, criait Michael en son for intérieur.

Jimmy Siddons était fou. Brian n'avait jamais roulé aussi vite en voiture. Il ne comprenait pas très bien ce qui se passait, mais sans doute quelqu'un les avait-il pris en chasse.

Il quitta la route des yeux un instant et regarda Jimmy. Il avait sorti son revolver. Brian le sentit qui tirait sur sa ceinture de sécurité, la détachait, passait son bras devant lui, ouvrait la portière. L'air froid s'engouffra dans la voiture.

Pendant une seconde, la peur paralysa Brian. Puis il s'assit, très droit. Il comprit ce qui allait arriver. Jimmy s'apprêtait à lui tirer dessus et à le pousser hors de la voiture.

Il fallait qu'il s'échappe. Il tenait toujours la médaille serrée dans sa main droite. Jimmy lui enfonçait le revolver dans les côtes, le poussant vers la porte ouverte et la chaussée qui défilait à toute vitesse sous eux. Se retenant de la main gauche à la boucle de la ceinture, Brian lança un grand coup à l'aveuglette avec son bras droit. La médaille décrivit un arc et frappa violemment Jimmy au visage, l'atteignant à l'œil gauche.

Jimmy hurla et lâcha le volant, écrasant instinctivement la pédale de frein. Au moment où il portait la main à son œil, le coup partit. La balle siffla près de l'oreille de Brian et la voiture décrivit une série de tête-à-queue. Elle monta sur le trottoir, fonça dans un carré de pelouse devant une maison et heurta un buisson. Sans cesser de tournoyer, arrachant le buisson au passage, elle termina sa course au ralenti à travers la pelouse et se retrouva au bord de la chaussée.

Jimmy jurait comme un dément, une main sur le volant, l'autre pointant le revolver. Il avait deux plaies, au front et à la joue, et le sang coulait jusque dans son œil.

Sauve-toi, sauve-toi, entendait Brian, comme si quelqu'un lui criait l'ordre dans sa tête. Il plongea par la porte ouverte et roula sur la pelouse couverte de neige, à l'instant où une seconde balle passait au-dessus de son épaule.

« Seigneur Jésus, le gosse a sauté de la voiture », cria Chris. Il écrasa la pédale de frein, bloqua les roues et parvint à s'arrêter derrière la Toyota. « Il se relève. Oh, bon Dieu ! »

Bud Folney hurla : « Est-il blessé ? » mais Chris ne l'entendit pas. Il s'était déjà élancé hors de sa voiture et courait vers l'enfant. Siddons avait repris le contrôle de la Toyota et la dirigeait vers Brian, avec l'intention évidente de l'écraser. En quelques secondes qui lui parurent une éternité, Chris franchit l'espace qui le séparait de Brian et saisit le petit garçon dans ses bras.

La Toyota fonçait vers eux, la porte du passager encore ouverte et le plafonnier allumé, révélant l'expression enragée peinte sur le visage de Jimmy Siddons. Serrant étroitement Brian contre lui, Chris se jeta de côté et roula en contrebas d'un talus enneigé, au moment où les roues de la Toyota passaient à quelques centimètres de leurs têtes. Un instant plus tard, dans un horrible fracas de métal écrasé et de verre brisé, la voiture rebondit sur la véranda de la maison et se retourna.

Un silence plana, bientôt rompu par les hurlements des sirènes. Les phares d'une douzaine de voitures de police illuminèrent la nuit tandis que les hommes se ruaient pour encercler le véhicule. Chris resta étendu dans la neige pendant quelques secondes, tenant Brian étroitement serré, écoutant les bruits qui convergeaient vers lui. Il entendit alors une petite voix soulagée demander : « Est-ce que vous êtes saint Christophe ?

— Non, mais en ce moment, je me sens aussi fort que lui, répondit Chris avec ardeur. Joyeux Noël, fiston. »

25

L'inspecteur Manuel Ortiz entra silencieusement par la porte latérale de la cathédrale et rencontra immédiatement le regard de Catherine. Il sourit en faisant un signe de tête. Elle se leva d'un bond, s'élança à sa rencontre.

« Est-il... ?

— Il va bien. Ils le ramènent en hélicoptère. Il sera ici avant la fin de la messe de minuit. »

Apercevant une caméra de télévision braquée sur eux, Ortiz leva la main et fit un cercle avec son pouce et son index, signe que tout était OK.

Le geste n'échappa pas aux fidèles assis non loin de là qui commencèrent à applaudir doucement. Les autres se retournèrent, se levèrent, et peu à peu un brouhaha joyeux emplit l'immense cathédrale. Il fallut cinq bonnes minutes avant que le diacre puisse commencer la lecture de l'évangile de Noël : « En ce temps-là... »

« Je vais prévenir Cally de la nouvelle, annonça Mort Levy à Bud Folney. Monsieur, je sais qu'elle aurait dû nous prévenir plus tôt, mais j'espère...

— Ne craignez rien. Je ne vais pas jouer les trouble-fête ce soir. Elle nous a aidés. Elle mérite l'indulgence, dit Folney d'un ton chaleureux. D'ailleurs, Mme Dornan a déjà annoncé qu'elle ne porterait pas plainte contre elle. » Il se tut, resta songeur un instant. « Écoutez, il reste certainement des jouets dans les postes de police. Dites aux hommes d'en rassembler quelques-uns pour la petite fille de Cally. Qu'ils nous rejoignent devant son immeuble dans quarante-cinq minutes. Mort, nous monterons les lui donner ensemble. Shore, vous pouvez rentrer chez vous. »

C'était la première fois que Brian montait dans un hélicoptère et, malgré son épuisement, il était trop excité pour songer à fermer les yeux. Il regrettait que l'inspecteur McNally — Chris, comme il lui avait demandé de l'appeler — n'ait pas pu venir avec lui. Mais il était resté avec Brian pendant qu'ils emmenaient Jimmy Siddons, et il lui avait dit de ne pas s'inquiéter, que ce type-là ne sortirait plus jamais de prison. Et il était allé chercher la médaille de saint Christophe dans la voiture pour la donner à Brian.

L'hélicoptère descendait. On aurait cru qu'il allait se poser sur le fleuve. Brian reconnut le pont de la 59e Rue et le tramway de Roosevelt Island. Son papa l'y avait emmené un jour. Brian se demanda s'il savait ce qui lui était arrivé.

Il se tourna vers l'un des policiers. « Mon papa est à l'hôpital près d'ici. Il faut que j'aille le voir. Il doit s'inquiéter. »

L'homme connaissait l'histoire de la famille Dornan. « Tu vas le voir bientôt, mon petit. Mais ta maman t'attend maintenant. Elle assiste à la messe de minuit à St. Patrick. »

Lorsque l'interphone sonna à la porte de l'immeuble de Cally, Avenue B, elle fut persuadée qu'on venait l'arrêter. L'inspecteur Levy avait téléphoné, annonçant qu'il s'apprêtait à passer chez elle, accompagné d'un autre inspecteur. Mais ce furent deux Pères Noël qui apparurent à sa porte, un large sourire aux lèvres, chargés de poupées, de jeux et d'une voiture de poupée en rotin blanc toute neuve.

Les yeux écarquillés, elle les regarda déposer les cadeaux autour de l'arbre de Noël et sous les branches.

« Vos indications concernant votre frère nous ont formidablement aidés, dit Bud Folney. Le petit Dornan va bien, il est sur le chemin du retour. Jimmy, lui, est en route pour la prison ; et cette fois-ci, je vous garantis qu'il ne s'échappera plus. Dorénavant, j'espère que les choses iront de mieux en mieux pour vous. »

Cally eut soudain l'impression d'être soulagée d'un poids immense. Elle put seulement murmurer : « Merci... merci... »

Lorsqu'ils furent partis, elle se rendit compte qu'elle allait enfin pouvoir se coucher et dormir. Le souffle régulier de Gigi était une réponse à ses prières. Désormais, elle l'entendrait chaque nuit, elle l'écouterait sans craindre d'être séparée de son enfant. Tout va s'arranger, se dit-elle. Je le sais.

Avant de sombrer dans le sommeil, elle eut une dernière pensée. Lorsque Gigi constaterait que le gros paquet destiné au Père Noël n'était plus sous le sapin, elle pourrait lui dire sans mentir qu'il était venu en personne le chercher.

L'hymne finale allait s'élever lorsque la porte de la cathédrale s'ouvrit à nouveau et l'inspecteur Ortiz entra. Cette fois il n'était pas seul. Il se pencha vers le petit garçon à côté de lui et fit un geste du doigt. Avant que Catherine ait eu le temps de faire un mouvement, Brian était dans ses bras.

Elle le tint serré contre elle, muette, des larmes silencieuses de soulagement et de joie coulant le long de ses joues, sûre enfin qu'il était sain et sauf, persuadée que Tom allait s'en tirer lui aussi.

Barbara ne dit rien non plus ; elle se pencha et posa sa main sur la tête de son petit-fils.

Ce fut Michael qui rompit le silence, chuchotant les mots de bienvenue : « Salut, Débile », fit-il avec un grand sourire.

NOËL

Le jour de Noël se leva, froid et clair. A dix heures, Catherine, Brian et Michael arrivèrent à l'hôpital.

Le Dr Crowlcy les attendait au cinquième étage à la sortie de l'ascenseur. « Mon Dieu, Catherine, dit-il, comment vous sentez-vous ? C'est en arrivant ce matin que j'ai appris ce qui s'était passé. Vous devez être exténuée.

— Merci, Spence, je vais très bien. » Elle regarda ses deux fils. « Nous sommes tous en pleine forme. Et Tom ? Lorsque j'ai téléphoné, un peu plus tôt, on m'a seulement dit qu'il avait passé une bonne nuit.

— C'est exact. Et c'est bon signe. Il a passé une nuit sûrement bien meilleure que la vôtre. J'espère que vous n'y verrez pas d'inconvénient, mais j'ai pensé qu'il valait mieux mettre Tom au courant, au sujet de Brian. La presse a fait notre siège toute la matinée, et je ne voulais pas qu'il apprenne la nouvelle de la bouche d'un étranger. Lorsque je lui ai retracé le récit des événements, j'ai commencé par le dénouement, naturellement. »

Catherine se sentit envahie d'un immense

soulagement. « Je suis heureuse qu'il soit averti, Spence. Je ne savais pas comment le lui annoncer. Je n'étais pas sûre de sa réaction.

— Il l'a très bien pris, Catherine. Il est plus fort que vous ne l'imaginez. » Spence Crowley examina la médaille suspendue au cou de Brian. « Il paraît que tu t'es donné un mal de chien pour apporter cette médaille à ton papa. Avec l'aide de saint Christophe, je vous promets à tous que nous allons le remettre sur pied. »

Les garçons tirèrent Catherine par la main.

« Il vous attend », dit Spence en souriant.

La porte de la chambre de Tom était entrebâillée. Catherine l'ouvrit en grand et s'immobilisa sur le seuil, contemplant son mari.

La tête du lit était relevée. Lorsque Tom les aperçut, son sourire familier illumina ses traits.

Les garçons coururent vers lui, puis s'arrêtèrent timidement à quelques centimètres du lit. Ils lui prirent la main. Catherine vit les yeux de Tom s'emplir de larmes en regardant Brian.

Il est si pâle, pensa-t-elle. Je vois bien qu'il souffre. Mais il va se rétablir. Un sourire radieux lui vint naturellement aux lèvres en voyant Michael ôter la médaille de saint Christophe du cou de Brian et les deux frères la passer ensemble autour de celui de Tom. « Joyeux Noël, papa », dirent-ils en chœur.

Il la regarda par-dessus la tête de ses fils et elle devina les mots qu'il prononçait en silence : *Je t'aime.* D'autres mots chantèrent alors dans son esprit.

Tout se tait... plus un bruit.

REMERCIEMENTS

Cette histoire a vu le jour lors d'un dîner où mes éditeurs, Michael V. Korda et Chuck Adams, se mirent à évoquer entre eux une intrigue pleine de suspense qui se déroulerait la veille de Noël à New York. L'idée éveilla immédiatement mon intérêt.

Mille mercis, mes amis, pour cette discussion initiale, et pour votre aide inappréciable tout au long de la rédaction du livre.

Mon agent, Eugene Winick, et mon attachée de presse, Lisl Cade, m'ont prodigué leur aide et leur soutien constants. Merci et merci encore, Gene et Lisl.

Et enfin, tous mes remerciements à ceux qui accueillent mes livres avec plaisir. A vous tous, bon Noël et tous mes vœux de bonheur, de prospérité et de santé.